鈴木英治

双葉文庫

# 目次

# 平蜘蛛《ひらぐも》の剣

口入屋用心棒

# 第一章

## 一

　だいぶしっかりしてきていた。

　以前は竹刀《しない》の重さにふらついていたが、最近は腰が据《す》わり、打ちこみの速さに目をみはることもたびたびだった。覚束《おぼつか》なかった足の運びにもなめらかさが加わり、こちらがびっくりするほどの速さで間合に飛びこんでくることも珍しくなくなっていた。

　あの子には、紛《まぎ》れもなく素質があった。あのまますくすくと伸びれば、道場主の子として恥ずかしくないだけの腕を誇ることになったはずだ。

　ただし、残念なことにまだ十一歳の女の子だった。女の子では、さすがに道場の跡取りにするのはむずかしい。

それにしても、あの子は実にかわいかった。いとおしくてならなかった。どんな女性《にょしょう》になるのか、ずっと成長を見守りたかった。

西村京之助《にしむらけいのすけ》は、ずきずきする頭を両手で押さえつつ、今は亡き娘の笑顔を目の前に引き寄せた。

大事な一人娘ではあったが、あの子が望むのなら嫁に出してやってもよかった。自分の跡は、道場を営むにふさわしい人格の門人を養子にし、そののち妻を迎えさせれば十分だった。人としてすぐれている上に腕前がすばらしければ申し分ないが、そのことはさほど重要ではない。師範代に遣い手を置いておけばすむことだ。

別に養子でなくとも、すでに妻子がある者でもかまわなかった。実際、自分もそういう形で道場を継いだのだ。

前の道場主には救われた。一生の恩人といってよい。師匠のおかげで、自分たちは路頭に迷わずにすんだのだから。

職を失い、住む家もなくした。これからどうしようかと永代橋のまんなかに妻とともにたたずみ、途方に暮れて大川の流れを眺めていたら、六十近い男が声をかけてきたのである。

夫婦で身投げでもしかねない風情に見えたのだろうか。きっとそうにちがいない。でなければ、うちに来なさらぬか、とやさしくいってくれるはずがなかった。

あのときの柔和で思いやりにあふれた瞳。あれから、もう十五年以上のときが刻まれたが、記憶が薄れることは決してない。

慈愛に満ちた人だった。あの師匠の跡を継いで道場を営むというのは正直、重荷に感じた。自分になどできるはずがないと思った。

しかし、道場を頼むぞ、おぬしなら安心してまかせられるゆえ、との遺言をたがえるわけにはいかなかった。

師匠の言葉を信じてこの十年、自分でもよくがんばってきたと思う。

門人が減ったこともある。娘が重い病にかかったこともある。自分も稽古のしすぎか、倒れたこともあった。

気が萎《な》えそうになることもしばしばだったが、そのたびに師匠の言葉を思いだし、きっと大丈夫だ、やれる、師匠が天から見守ってくださっているから、と自らにいいきかせた。その甲斐あってか、すべての苦難を乗り越えることができた。

もっとも、それは決して自分だけの力ではなかった。

妻の顔がよみがえってきた。どんなときでも笑顔を忘れない女だった。妻の力添えがなくては、なにもできなかったにちがいない。

そんな妻でも、永代橋の上では、さすがに落ちこんでいた。なにしろあのときは、まさしくどん底にいて、病弱だった妻の薬を買う金もなかったのだから。いくら底抜けに明るかったとはいえ、死神が取りついたような顔になっても無理はなかった。

どんなにつらいときでも妻が、必ずなんとかなりますよとほがらかにいってくれたおかげで、自分はかろうじてやってこれたのだ。苦労なんか笑い飛ばしてしまえばよいのですよ、というのが口癖だった妻の、人なつこい笑みに助けられたのである。

歳を取って、目尻や口元のしわが深くなっても、妻の愛らしさは決して失われなかった。また妻の頬を両手で包みこみ、正面からじっと見つめたい。やわらかな唇を感じたい。

いつしか涙がにじみ出てきていた。西村京之助は、静かに目をつむった。

いったん消えたように思っていた頭の痛みがまた舞い戻ってきた。ずきずきしている。畳の上に転がる一升入りの大徳利が目に入った。

欠けた口からしずくが垂れ、畳を濡らしていた。

以前は、酒を断《た》っていた。二度としくじりはするまいとかたく心に誓っていたからである。酒を飲む夢を見て飛び起きては、しまった、飲んでしまったと背筋に冷や汗を流したものだ。

だが最近では、いつも大徳利が転がっている。こういう光景にはすっかり慣れた。

不意に、鼻先をいやなにおいが流れていった。はっとし、布団から飛び起きる。

いきなり釘を打ちこまれたような痛みが走り、京之助は布団の上で体を丸めた。

じっと息を詰めるようにおとなしくしていた。

痛みは去った。京之助は肩の力を抜き、ほっと息をついた。

薄っぺらで湿っぽい布団から、埃《ほこり》臭さが立ちのぼってきている。それが鼻孔に遠慮会釈もなく入りこんでくる。

吐き気のようなものを覚えて、京之助は顔をゆがめた。

それにしてもどうしてはね起きるような羽目《はめ》になったのか、と京之助は小さく首をひねった。いつ干したかわからないような汚い布団といえども、まだとろとろとまどろんでいたかった。思い出に浸っているのはとても楽で、心弾むものがあった。

焦げ臭さが鼻をついた。こいつだ、と京之助は確信した。このにおいのせいだ。

顔を左右にまわす。ところどころ壁がはがれ落ち、竹の骨組みが見えている。日に焼けた畳はすり切れ、醤油でもこぼしたかのような色をしていた。

日当たりだけが取《と》り柄《え》の、かび臭い四畳半の部屋である。低い天井もいつ掃除をしたのか、わからないほど黒くなっている。誰がつけたのか、浮き出たような脂っぽい手形がいくつもあった。

京之助は台所に顔を向けた。なんともいえない焦げ臭さが漂ってくるのは、そちらからだ。

この家のあるじは、飯を炊《た》くのがとにかく下手《へた》なのである。世話になりはじめて日は浅いにもかかわらず、これまでも何度か同じことがあった。また火加減と水加減を誤ったにちがいない。

食わせてもらっている以上、贅沢《ぜいたく》はいえない。しかし、跳びはねるように起きあがって損した気分だ。ため息を漏らし、ふたたび布団に横になった。

そっと寝返りを打って、大の字になる。相変わらず頭の痛みは続いているし、喉もひどく渇いているが、こんなものはすぐに治せる。なにしろ、ふつか酔いに著しい効き目のある薬がそばにあるのだ。

できれば用いたくはなかった。だが、そういうわけにはいかない。こんなふつか酔いは早く治したほうがよい。

京之助は片肱《かたひじ》を突いて上体を起こすと、腕を伸ばして大徳利を起きあがらせ、慎重に引き寄せた。重さからして、まだいくばくかの酒が残っているようだ。

大徳利を静かに傾けると、熟柿《じゆくし》のような甘い香りが立った。注ぎ口を唇にじかに当てる。とろとろと口に入りこんできた酒を、京之助はごくりごくりと喉を鳴らして飲んだ。

大徳利はあっという間に空《から》になった。一合ばかり残っていたようだ。

しかし、においがいい割に、うまくはなかった。ただ苦いだけで、気の抜けたような味だった。飲むのではなかった、と京之助は後悔した。大徳利を放すと、ごろごろと畳の上を転がり、だるそうに動きをとめた。しばらくのあいだ、京之助はわずかに振れ動いている徳利を、しばしばする目で追っていた。

だが、酒の効き目は鮮やかだった。気持ち悪さは消え、感じていた吐き気もまったくなくなった。胸焼けも溶けてなくなり、重くわだかまっていた雲が散ったように頭の痛みもなくなった。

さっきまでの重い気分はどこかに飛んでいった。嘘のようにすっきりしている。なにか手妻《てづま》にでもかけられたようだ。

京之助はぶんぶんと首を振ってみた。頭は痛くない。このまま羽ばたけば、宙《そら》に浮くのではないかと思えるほどの爽快さが全身にみなぎってくる。やはりふつか酔いの最高の薬は酒である。

もっとも、この効き目が切れれば、またひどい気分が舞い戻ってくるのはわかっている。だが、今は跳びはねたいような気持ちを存分に味わっていたい。

京之助は寝床で胡坐《あぐら》をかくと伸びをした。もっと酒を飲みたい。そうすれば、もっとよい気分になれる。体が欲している。喉をかきむしりたくなる。

しかし、この家に酒はない。今から買いに出るのも億劫《おっくう》だ。それに、まったくうまくないとはいえ、じき朝餉《あさげ》だろう。

いま何刻なのか、とふと京之助は考えた。餌でもついばんでいるのか、小鳥たちのかしましい鳴き声が、外の光を映す腰高障子《こしだかしょうじ》を突き破るようにして部屋に飛びこんできている。

じきやってくる冬の寒さが、居直った盗賊のようにどっかりと居座っているが、陽射しからして、天気はいいようだ。きっと大気も澄み渡っているだろう。

京之助は、目尻を指先でぬぐった。べっとりとついた目やにを見て、暗澹《あんたん》とする。気分のよさがさらわれたかのように消えてゆく。酒を断《た》っていたときには、こんな目やにがつくことはなかった。

以前の修行僧のような暮らしに戻ることができれば、こんなこともなくなるのだろうが、前と同じ生活を送ることなど、夢のまた夢でしかないだろう。

だが、このままでいいのか、と京之助は自らにいいきかせた。いいわけがなかった。このまま自堕落《じだらく》な暮らしを続けるわけにはいかない。すべきことがある。そのためには、こんな暮らしを続けていては駄目だ。いくら夢も希望もない暮らしだとはいえ、立ちあがらなければならない。

亡き妻や娘の無念を晴らさなければならない。

一つの顔が頭にすっと浮かんできた。金吉《きんきち》だった。

妻と娘が死んだのはあの男のせいだが、京之助には金吉をうらむ気持ちは一切ない。それは、金吉もすでに死んでしまっているから、では決してない。

うらみに思う男は、ほかにいるからだ。

その男が眼前にいるかのように、京之助はぎらりと瞳を光らせた。

金吉がよく口にしていた計画があった。これは金吉の遺言といってよいのだろう。

京之助は、金吉の言葉通りに策を進めるつもりでいる。いや、実際にもう動きはじめている。この家にいること自体、そういうことなのだ。

やはり、と京之助は思った。今は酒など飲んでいる場合ではない。あの男をできるだけ苦しめ、亡き者にする。

そのためには、再び酒を断ち切らなければならない。

できるだろうか。気弱さが心をよぎる。

京之助は薄汚れた天井を見あげた。

できる。

できぬはずがない。

# 二

立ちどまり、じっと見あげた。

いったいどうして、これほどまでに赤くなるのか。湯瀬直之進《ゆせなおのしん》はうなるような思いでいる。

知らず、ため息を漏らしていた。朱に浸したような色をしているが、これは紛れもなく自然がつくりだしたものだ。

これも神秘の一つといえるのだろう。自然というのは、人智《じんち》を超えたさまざまなものを惜しげもなく見せてくれる。こういう気前のよさ、度量の広さというものを自分も持ちたいものだな、と直之進は思った。そうすれば、人として今よりもずっと大きくなれよう。

直之進は軽く伸びをした。澄んだ大気がさわやかで、とても気持ちがよい。江戸はいま一番よい時季を迎えているのではあるまいか。少なくとも、直之進は秋が最も好きな季節である。

二間ほど前を、がっちりとした肩を持つ男がのっしのっしと歩いている。その姿はどこか平川琢ノ介《ひらかわたくのすけ》に似ているが、そんなことをいったら、目をむき、口から泡を飛ばして怒るのではないだろうか。小日向東古川町《こひなたひがしふるかわ》で口入屋の米田屋《よねだや》を営む光右衛門《みつえもん》である。孫の祥吉《しょうきち》の手を引いている。こちらからは顔は見えないが、細い目をさらに細くしているにちがいなかった。

孫というのは目に入れても痛くないらしいが、米田屋の場合はどうにも入れようがないな。

直之進はこつんと自分の頭を叩いた。冗談とはいえ、人の悪口をいっていいはずがない。

「直之進さん、先ほどからなにをつぶやいていらっしゃるのですか」

横合いから声をかけられて、直之進は顔を向けた。自然に笑みが出る。目の前に美しい娘の顔があった。

許嫁《いいなずけ》のおきくである。おきくの父親である光右衛門に婚姻を正式に申しこんだわけではないが、直之進はすでにそういうふうに思っている。おきくも同じだろう。

以前、直之進の故郷である駿州沼里《すんしゅうぬまざと》からともに乗りこんだ船が大嵐に遭った際、直之進とおきくは一本の太い綱を互いの体にむすびつけた。死ぬのなら一緒に、という思いからだった。

船は波浪《はろう》に木の葉のようにもてあそばれたが、幸いにも沈没はまぬがれた。直之進が気づいたとき、おきくは腕のなかで安らかに眠っていた。つややかな陽光を受けて、きらきらと頬が輝いていた。あのおきくの赤子のような清らかさは今も忘れることはない。あのとき、一緒になるならこの娘しかいない、この娘をきっと幸せにしてみせるとかたく誓ったのだ。

あの一事が、おきくと自分の絆をさらに強めたと直之進は思っている。

おきくにほほえみかけ、たずねた。

「俺はぶつぶついっていたか」

ええ、とおきくが遠慮気味にうなずく。直之進は苦笑した。

「独り言をいう癖は、幼い頃からだな。よく母上に叱られたものだ。自分でも直そう直そうと思っているのだが、さっぱり直ってくれぬ。気がゆるむと、出てしまう」

「つまり、いま直之進さんはとてもくつろいだご気分ということですね」

「ああ、そうだな。とてもゆったりとしている」

「楓《かえで》を見あげてなにかおっしゃっている直之進さんは、とてもかわいく見えました」

直之進は目を丸くした。

「俺がかわいいだって。本当か。初めていわれたな」

直之進は手を伸ばし、頭の上にある楓の枝を指した。

「いや、この紅葉さ。本当にきれいな色をしているなあ、と思ってな」

おきくがにっこりとする。そうすると、ほれぼれするほど美しく、やさしげな顔になる。今日の江戸は雲一つない澄みきった蒼穹《そうきゅう》が広がっているが、まさにそこから降りてきた天女を思わせる表情だ。

「はい、本当にきれいでございますね。子供の手のような葉が陽射しを通して輝いて、神々しい感じすらいたします」

神々しいのはおきくの笑顔だと思うが、さすがにそこまで口にするのは、いくら惚れているといっても、はばかられた。

いま直之進は、光右衛門一家と一緒に、下谷《したや》にある正燈寺《しょうとうじ》へ紅葉狩に来ていた。宗旨は臨済宗で、京都の妙心寺派の末寺だそうだ。山号は東陽山。この寺は江戸では品川の海晏寺《かいあんじ》、飛鳥山《あすかやま》と並ぶ紅葉狩の名所として知られているという。

飛鳥山というと、花見で名が売れている気がするが、桜とほぼ同じ数の楓が植えられているそうだ。数千本ずつといわれる桜と楓を庶民のために植えたのは、名君として知られる八代将軍吉宗である。

　正燈寺は飛鳥山とは異なり、さすがに数千本というわけにはいかないが、松や銀杏《いちょう》にまじっておびただしい数の楓が植えられているのは紛れもない。

　正燈寺の境内《けいだい》は、三千坪ほどの広さを誇っている。起伏のある大きな庭といった趣《おもむき》で、本堂に向かって上下にうねるような道が折れ曲がって続いている。右側には泉水も設けられており、ささやくように流れる水音が耳にやわらかく届く。道の途中途中に何本もの楓が植えられているのだが、そのいずれもが鮮やかに色づき、直之進たちの目を楽しませている。

　境内には大勢の人が遊山《ゆさん》に来ている。直之進たちと同じく、一家総出で来ている者が多いようだ。祥吉のように年寄りに手を引かれている子供も少なくない。

　境内で物を食べたり、酒を飲んだりすることは禁じられているので、ここでは紅葉を眺めて、ゆっくりと通りすぎるだけである。それでも、とても楽しい。気持ちが伸びやかになる。

「それにしても、どうしてこんなに赤くなるのかな」

　直之進は素朴な疑問を口にした。

「真っ赤だものな。まるで血が通《かよ》っているみたいだ」

おきくがそっと直之進に寄り添い、楓を見あげる。

「この赤くなった葉たちは、きっと女性なんですよ」

「ほう、女性。どういうことかな」

「好きな人ができると、女性は美しくなるというでしょう。楓も同じなんじゃないかしら。きっと今は楓にとって、恋をする季節なんですよ」

直之進は微笑した。

「なるほど、楓にも好きなものがいて、それゆえ、きれいになっているということか。楓が好きなものというのは、いったいなにかな。その心を得んがために、美を競っているということかもしれぬな」

「美を競うですか。まこと、そういう風情にございますね。どの楓も、精一杯着飾っているように見えますもの」

直之進はおきくに目を当てた。

「おきくちゃんも、きれいな着物を着ているな」

おきくが顔を伏せ、はにかむ。

「はい、直之進さんに見ていただきたくて、精一杯おしゃれをしてきました」

　おきくは紅葉を思わせる橙色《だいだいいろ》の小袖《こそで》に、赤とんぼがあしらわれた帯を締めている。目をみはる美しさと心を和《なご》ませる楽しさが同居している。いずれもていねいに仕事がされているのが一目でわかる、すばらしい着物だと直之進は思った。

「うん、とてもよく似合っているぞ」

　世辞でなくいった。おきくがうれしそうに顔をあげる。

「本当ですか」

「俺が嘘などつくはずがない」

　おきくが、直之進の着物に控えめな視線を向ける。

「直之進さんのお召し物も、今日はいいものですね」

　直之進は自分の着物に目を落とし、袴《はかま》をひらひらさせた。おきくがはっとして、口に手を当てる。

「ごめんなさい。いつも粗末なものを着ていらっしゃるような言い方をしてしまいまして」

　直之進はくすりと笑いを漏らした。

「いや、謝ることなどないさ。いつもろくでもない着物を着ているのは、まことのことだからな」

「今日は袴をはいているが、琢ノ介に影響されたか、着流し姿でいることも多くなった。いや、琢ノ介のせいにするのはよくないな。ふだん袴をはかずにいるのは、つまり楽だからだ。俺の性格だな」

直之進は言葉を切り、境内の梢《こずえ》を揺らしてゆったりと吹き渡る秋の風を味わうように、深く息を吸いこんだ。

「今日は持っている着物のなかで、最もよいものを着てきた。本来ならおきくちゃんのように季節に合わせるべきだが、残念ながらそこまでのものは持っておらぬ」

直之進が身につけているのは、深い青色の小袖に焦げ茶色の袴である。

「渋さを特に押しだしてみたのだが、どうかな」

おきくが目を細める。

「とてもお似合いです」

「そんな」

直之進はにこりとした。

「その言葉がききたかった」

「でも、どうしてそんなにおしゃれをされたのですか」

おきくは心を弾ませている。目の奥に期待の色が見て取れた。

「実をいうと」

直之進は思わせぶりに間を置いた。おきくがごくりと喉《のど》を上下させる。

「紅葉狩というものは、初めてなんだ。それで、どういう着物を着ていけばよいかわからず、これになった」

おきくが立ちどまった。

その顔にかすかな落胆が浮き、期待の色がしぼんだ。

それを見て直之進の心はちくりとしたが、今は素知らぬ顔をするしかなかった。

「おきくちゃん、どうかしたの」

うしろから声がかかった。おきくが振り向き、小さく笑う。

「ううん、なんでもないのよ」

おれんが気がかりそうに見つめている。おきくの双子の姉である。顔だけでなく、おきくとほとんど同じ声をしている。

おれんの横には、長女のおあきが立っていた。おあきも妹たちに劣らず美しい。一度嫁《か》して祥吉をもうけたが、亭主の甚八《じんぱち》が事件に巻きこまれて殺されるなどして、実家に戻ってきた。むろん、その事件は定廻り同心の樺山富士太郎《かばやまふじたろう》の尽力もあって、解決済みである。

「さっきまで直之進さまと仲よくおしゃべりしていたのに」

「本当になんでもないのよ」

おきくがおれんに首を振ってみせた。

「それならいいんだけど」

「どうかしたのかい」

ややしわがれた声が間近できこえた。先を行っていた光右衛門が祥吉とともに戻ってきていた。祥吉がつぶらな瞳で、大人たちを見あげている。

「ううん、なんでもないのよ」

おきくがあわてていった。

「それならば、いいんだけどな。おきく、せっかく紅葉狩に来たんだから、そんな深刻そうな顔をするもんじゃないよ」

「ごめんなさい」

「いや、まあ、謝るほどのことじゃないんだがな」

光右衛門が空を仰ぎ見る。

「見ろ、こんなによい天気だ。紅葉もまさに今が見頃。楽しまないのは損だぞ。それにしても、これだけの天気に恵まれたのは、まさにわしの日頃の行いがよいゆえだな」

光右衛門が、よく張った顎のえらを自慢そうに手のひらでさする。

「そんなことを申すなど、米田屋、琢ノ介に似てきたのではないか」

直之進がいうと、案の定、光右衛門が細い目をむいた。

「なっ、なんということを」

「直之進さんのおっしゃる通りだわ。おとっつあん。今の言葉は、平川さまがおっしゃっても全然おかしくないわ」

「今のおとっつあん、体つきも平川さまに似てきているけど、いうことまでそっくりになってきたわよ」

おきくに続いておれんがいった。

「冗談じゃない」

光右衛門が自らの体を見おろす。

「わしは平川さまのようにでっぷりとしてきているのか」

「言葉遣いよりそちらが気になるか。貫禄が出てきているというい方もできる。しかし、太りすぎはよくないと医者がいっていたな。米田屋、少しはやせたほうがよかろう」

直之進は論《さと》すようにいった。

「さ、さようにございますな。このところ、外まわりを怠《なま》けておりました。そのつけがまわってきたのでございましょうな」

「そうよ。おとっつあん、最近どうして外まわりをしなくなったの」

おあきも光右衛門を責めはじめた。

「もう歳で、疲れちゃったの」

「わしはまだ若いさ」

光右衛門が胸を張る。肥えたせいか、同時に腹も出てきた。

「外まわりをしなくなったのは、ちと考えがあってのことだ」

「どんな考えなの」

光右衛門がにっとする。すると、細い目が糸になった。

「そいつは秘密だ」

「秘密といっても、どうせたいしたことじゃないんでしょ。おとっつあん、とっとと吐いてしまいなさいよ」

光右衛門が一歩だけあとずさりして、目をみはった。まじまじとおあきを見、軽く首を振る。

「おあき、おまえ、女房に似てきたなあ。言葉遣いだけでなく、表情もそっくりだぞ」

「おとっつあんとおっかさんの子なんだから、似るのは当たり前でしょ。おとっつあん、話をそらしちゃ駄目よ。早くその秘密とやらを話して」

「いや、秘密をべらべらしゃべるわけにはいかん。わしの口は、磯のさざえよりかたいと評判なんだから」

「そんな評判、きいたことないわよ。誰がいったの」

おあきの容赦ない追及が続く。光右衛門が首をすくめる。

「実をいえば、わしもきいたことがない」

「なんだ、自分で思っているだけなのね」

「評判なんて、そんなものよ」

「もう、相変わらずいい加減なんだから」

いつのまにか場が和《なご》んでいた。皆の顔には穏やかな笑みが刻まれている。光右衛門の口調で一気に空気がゆるんだのだ。このあたりは、さすが年の功といってよいのだろう。

直之進たちが道のまんなかで立ち話をしていたので、うしろから来た者たちが少し詰まっていた。光右衛門を先頭に、あわててかたわらの楓の根元にどいた。うしろの者たちが頭を下げて、通りすぎてゆく。直之進たちはいっせいに辞儀を返した。

「それにしても、どうして琢ノ介は来なかったのかな」

あたたかさを感じさせる風が吹いたのを合図に、直之進は光右衛門にただした。目の前を、別の一団が笑いさざめきながら通りすぎてゆく。もっとも、その笑い声はどこか控えめである。

「紅葉狩のことを話さなかったのか」

「ええ、話しませんでした」

光右衛門が平然と答える。直之進は少し驚いた。

「どうしてだ」

「話す必要がないと思ったのですよ」

「おぬしのことだ、仲間はずれにするつもりではむろんないのだな」

「ええ、湯瀬さまのおっしゃる通りにございます。手前は、そんなに意地の悪い人間ではございません」

「口は少し悪いが」

光右衛門が、おっ、という顔をする。

「湯瀬さまもおっしゃるようになられましたなあ」

「おぬしに似てきたのだ」

「直之進さん、そんなことおっしゃってはいけません」

おきくが真剣な面持ちでいう。

「おとっつあんみたいになったら、私、どうしたらよいか……」

「わしのようになったら、とても立派ではないか」

「立派かどうかはこの際置いておいて、琢ノ介のことを話してくれ」

話が脇にそれそうだったので、直之進はもとに戻した。

「ああ、さようでございましたな」

光右衛門がそっと唇を湿らせた。

「手前が話さなかったのは、意地悪でしたことではございません。平川さまはとても耳ざといお方にございます。ですので、いう必要はないと思ったのでございますよ」

「ああ、そういうことか。話さずとも向こうから嗅ぎつけると踏んでいたのか」

「嗅ぎつけるというほどでないにしても、朝餉も夕餉も、ときには昼餉も召しあがりに見えますから、話さずともおわかりになっているものと思っていました。実際、昨日の夕餉にも見えていましたし。その前からこの紅葉狩のことは話に出ていましたから、当然、ご存じだと手前は思っていましたよ。なにしろ店を休んで出かけるというのは何年ぶりかという話でございますし、その上、有名料亭に繰りだそうというのでございますから、平川さまのお耳に届かないわけがございません」

光右衛門のいうことには、無理がない。あの早耳の男が、これだけの行事をききつけないはずがなかった。今回に限り、鼻が利かなかったというのは考えにくい。あの男の鼻は完璧で、おいしい話を嗅ぎ漏らすことなどまず考えられない。

となると、どういうことなのか。

「あの男には今日、別の用事があるということか。しかもそれは、特別な用事といってよかろうな」

直之進にいわれて、光右衛門が首をひねる。頭上から木の葉が舞い落ちてきて、光右衛門の肩に乗った。

直之進は手を伸ばしてつまむと、そっと地面に放した。光右衛門が感謝の言葉を述べ、ふうと小さく息を入れた。

「ええ、そういうことなのかもしれませんなあ。しかし、この手のことが大好きなはずの平川さまに、これより大事な用事があるということが、手前には信じられません」

「おとっつあん」

そばに立つおあきが、たしなめるような声をだした。

「そんなことをいっては、平川さまに失礼でしょ。平川さまにだって大切な用事はあるのよ」

おや、と直之進は思った。この娘が琢ノ介をかばうなど珍しい。同じことを感じたようで、光右衛門はにらみつけるようにおあきを見ている。

「おあき、おまえ、まさか」

おあきが狼狽《ろうばい》する。みるみるうちに顔が赤くなってゆく。

「おとっつあん、なにをいっているのよ。そんなわけ、ないでしょ。私は子持ちの後家《ごけ》なのよ」

「わしはまだなにもいっておらんぞ。おまえ、いったいなにをあわてているんだ」

「あわてなどいません」

おあきが真っ赤な顔をあさっての方角に向ける。光右衛門に手を引かれたままの祥吉が不思議そうに母親を見あげている。ぽかんと口があいていた。こんなおあきを見るのは、滅多にないことなのだろう。

おあきが光右衛門から祥吉を取りあげ、さっさと歩きだす。それをおれんとおきくが楽しそうに追いかける。

直之進もおあきに話をききたくて続こうとしたが、すぐに足をとめた。光右衛門が一人、動かずにいるからだ。

「どうした」

「湯瀬さまは信じられますのか」

「今のか」

「さようにございます。よりによって平川さま……」

直之進はおあきの後ろ姿を目で追った。まだ早足で歩いている。どうもおきくたちが冷やかしているようだ。

「よりによってというのは、あまりのような気がするな。琢ノ介は口は悪いが、裏表のない、よい男だぞ」

「はい、それはよくわかっているのでございますよ。そういうお方でなければ、湯瀬さまがお付き合いになるはずがございません」

視線を落として、光右衛門が続ける。

「しかし、こんなことを申してはどうかと思いますが、人としてはどう見たところで、湯瀬さまよりぐっと落ちますものなあ。おあきは出戻りの子持ちでございますが、もう少しいい人のもとに嫁《とつ》いでほしいなと思うのが本心、いえ、親心でございますよ」

「米田屋、気が早すぎるのではないか。まだ嫁ぐとか、そこまでの話にはなっておらぬだろう」

「しかし、この手の話は進むのが早《はよ》うございましてな。一度話が出たら、その勢いでどんどんと進んでいってしまうのが、世の常でございますよ」

確かにその通りだ。自分も、千勢《ちせ》との話が出てから決まるまで、まさにあっという間だった。

直之進は顎を小さく動かした。

「だが、一緒になるというのは縁だからな。もしおあきどのが琢ノ介と夫婦になるというのなら、それはおそらく逆らえぬ運命《さだめ》ということだろう」

「逆らえぬ運命でございますか」

光右衛門が大仰なため息を漏らす。

「できれば、逆らってほしいものですなあ」

直之進は腕組みをした。

「米田屋、どうしてそんなに琢ノ介をいやがる」

光右衛門が首を左右に振った。

「いえ、決していやがっているわけではありません。しかし、平川さまがよいお方であるのは、心からわかっているのでございますよ。しかし、もし自分が子持ちの後家だとして、平川さまのもとに嫁ぎたいかと自問したとき、あまりそういう気持ちにはならんなあ、と思ったまでにございますよ」

直之進は笑みを口の端に浮かべた。

「俺も琢ノ介のもとには決して嫁ぎたくはないが、それは俺たちが男だからだろうな。女にしか見えない、よいところが琢ノ介にもあって、おあきどのもそこを見ているのではないかな。でなければ、琢ノ介をかばうようなことはせぬだろう」

「そうでございますかね」

光右衛門は納得していない顔つきだ。

「それに、平川さまにはこれといった定職もございませんし」

「それは俺も同じだ」

ばっ、と勢いよく光右衛門が顔をあげた。厳しい眼差しで直之進を見る。腹の据わった者でも、たじろぎそうな眼光をしている。温厚な光右衛門がこんな目をすることは、稀《まれ》なことだ。少なくとも、直之進は初めて見た。

一代で米田屋を築き、三十年以上も店を続けてきて、いつもなにごともなかったかのような穏やかな笑みを浮かべているが、実際には幾度も荒波をかぶったことを、この瞳は如実に物語っている。

「湯瀬さまは、ご自身の身の振り方をどうされるおつもりなのでございますか」

直之進は答えに窮した。光右衛門に顔を向けたまま、おきくたちがどこにいるかを見た。もうだいぶ離れている。十間は優に距離ができていた。

「まだ決めておらぬ」

直之進はごまかすことなく告げた。

「おきくを嫁にするというのはいかがにございますか」

直之進は丹田《たんでん》に力をこめた。

「それは決めている。おぬしはもう察しているにちがいないが、すでにおきくどのの心も確かめてある」

「さようにございましたか」

光右衛門の目から力が抜けた。だが、直之進は体をかたくしたままだ。

「本当はこれからまいるという料亭で申しこむつもりでいたのだが、米田屋、ここでかまわぬか」

「申しこむとおっしゃると」

光右衛門は明らかにとぼけている。わからないはずがないのだ。

直之進は静かに息を入れた。だが、緊張が和らぐことはなかった。ここは勢いで行くしかないようだ。今をはずしたくはなかった。あわててつっかえることのないように、ゆっくりとした口調でしゃべりだす。

「米田屋。おきくどのを、それがしの嫁にくださらぬか」

光右衛門が直之進の緊張を解くように、とびきりの笑顔を見せる。

「手前に異存があるはずがございません。湯瀬さまさえよければ、もらってやってください」

こういってくれるのはわかりきっていたが、さすがに直之進は安堵の思いを隠せない。こわばっていた肩から力が抜けた。

「かたじけない」

「湯瀬さま、おきくを必ず幸せにしてくださいね。それを誓ってくだされば、手前はなにも言うことはありません」

「もちろんだ。なにがあろうと、おきくどのを幸せにしよう」

直之進は力強く答えた。

「ありがたく存じます。しかし湯瀬さま、一つ問題があります」

光右衛門が宣するようにいう。このあとなにをいわれるか、直之進にはわかっていた。先ほどの続きだろう。

「話は戻りますが、問題と申すのは湯瀬さまの生業《なりわい》のことにございます」

うむ、と直之進は深くうなずいた。

「おきくを女房にされるというのはよいのでございますが、どうやって食べてゆくおつもりでいらっしゃいますか。沼里のお家からは今も三十石の扶持《ふち》があるということですが、実際に給されるのは半分でございましょう」

光右衛門のいう通りである。故郷の沼里を離れて久しく、出仕もしていないが、主君の又太郎《またたろう》の危機を救ったことなどがあって、今も主家からは扶持をもらっている。

「十五石というと、お米で何俵になるか、ご存じですか」

直之進は頭で素早く計算した。一石は十斗。一斗は十升。一升は十合。つまり十五石は一万五千合ということになる。一俵は一斗の約四倍だから四百合。

「三十七、八俵くらいか」

「さようにございます。さすがに速いものにございますな」

「いや、たいしたことはない」

「ご謙遜にございますな。——いま米の値段は、一俵でだいたい一分二朱といったところでございます。三十七、八俵なら、およそ十四両というところでございますね。それだけあれば、夫婦二人、つつましく暮らしてゆけましょう」

光右衛門が言葉を切る。

「しかし手前は、湯瀬さまにはやはり生業を持っていただきたいと考えております。なにもしないというのは、人間、駄目になりますからな」

暗に、なにもせずにのうのうと暮らしているように見える江戸の旗本たちを非難しているようにもきこえた。それは江戸の旗本だけではない。それぞれの国にある大名の家臣たちも似たようなものだ。

直之進も沼里にいた頃、小普請組ということで、仕事らしい仕事はしていなかった。国家老宮田《みやた》彦兵衛《ひこべえ》の陰の仕事があったとはいえ、いま考えれば、毎日を遊び暮らしていたようなものだ。

直之進は正直な思いを光右衛門に伝えることにした。ここで嘘や偽りをまじえても仕方ない。

「情けない男と思われようが、まだ決めておらぬ。まだ決めていないのに婚姻を申しこむのはどうかと思ったが、気持ちをどうしてもとめられなかった」

わかりますよ、というような顔で光右衛門が耳を傾けている。それに力を得て、直之進は言葉を続けた。

「俺にできることはあまりない。唯一、人に負けぬと思っているのは剣術の腕ぐらいだが、道場をひらくにしても先立つものがない。道場の雇われ師範代になるという手もあるが、その道場が潰れてしまえば、それもおしまいだ。手習師匠もやれぬことはないだろうが、競《せ》りの激しい今、どれだけの手習子《てならいこ》が集まってくれるか、心許《こころもと》ないものがある」

話していて、俺はなんと嘆かわしい男であるかということが、身にしみてわかってきた。こんな身の上で、光右衛門の大事な娘に婚姻を申しこむなど、気がどうかしているのではあるまいか。

自分が情けなくなってきたが、ここで話を終わらせるわけにはいかなかった。

「あとは用心棒という手もあるが、これもどれだけの収入があるか、はっきりせぬ。まだ迷っているというのが、本音だ」

光右衛門が柔和に笑った。

「湯瀬さまに働くお気持ちがあることをうかがって、安堵いたしましたよ。人はそうでなきゃいけません。――ところで湯瀬さま、もう一つ道がございますよ」

こう切りだされるのは、直之進にははなからわかっていた。

「米田屋の手伝いをしろということだな」

「さすが勘がよろしゅうございますな」

光右衛門がもみ手をする。いかにも練達の商人という感じだ。

「できれば店に入っていただき、手前の手助けをしていただければと思っています。なにしろ湯瀬さまは筋がよい。以前、手前が外まわりをおまかせしたとき、力のほどを見せていただきました。手前はあれ以来、ずっと湯瀬さまに店に入っていただけたら、と願っていたのでございますよ」

そのことは、いわれずとも直之進にはよくわかっていた。

「手伝いをするだけでよいのかな」

光右衛門がきらりと目を光らせる。

「できれば、いずれ店の者として働いていただきたいと思っています」

「それは、侍をやめろということかな」

とんでもない、と光右衛門が大きく手を振っていった。

「手前からお侍をやめろなどとは、口が裂けても申しません」

いったん下を向いた光右衛門が、すっと顔をあげた。その顔には決意の色がはっきりと見えていた。

「手前は、できればおやめになっていただければと思っておりますが、むろん無理強いするつもりはございません」

先ほど光右衛門が、外まわりをしなくなったのはちと考えがあるからだ、といったのは、婿となった直之進にその仕事をしてもらおうという思いがあるからだ。

今度は、直之進が下を向く番だった。しばらく考えていた。

「米田屋、すまぬが、その件はもう少し時間をもらえぬだろうか」

「もちろんかまいませんよ。手前も即答なさるとは考えておりませんから。じっくりとお考えになってください」

「かたじけない」

直之進は頭を下げた。

「いえ、どうか、お顔をあげてください」

直之進を見つめていた光右衛門の視線が、直之進の肩越しに動いた。

「娘たちが、案じていますね。こちらを見ていますよ」

直之進は振り返り、おきくの姿を探した。三人の若い女が二十間ばかり先の銀杏の根元に立って、直之進たちを手招いている。おあきに手を引かれた祥吉はぴょんぴょんと跳びはねながら、全身で手を振っている。おきくとおれんはよく似ているが、この距離でもどちらがおきくなのか、直之進にははっきりとわかった。

「いま行くよ」

光右衛門が、低いがよく通る声でいった。

「湯瀬さま、まいりましょう」

ああ、と直之進は答え、早足で歩きだした光右衛門のあとについた。

「ところで米田屋。ずっと気になっていたのだが、富士太郎どのと珠吉《たまきち》はどうした。今日は非番だから、来るという話だったはずだが」

樺山富士太郎と珠吉は、南町奉行所の若き定廻り同心とその忠実な老中間である。

「あれ、お話ししていませんでしたか」

光右衛門が振り向き、意外そうにきいてきた。早足だった歩の運びをゆるめる。直之進もそれに歩調を合わせた。

「ああ、きいておらぬ」

立ちどまって光右衛門が自らの頭をぶつ。

「わしも耄碌《もうろく》したもんだ。湯瀬さまにそんな大事なことをお話ししていないだなんて。――今朝早く、店に樺山さまのお使いが見えたのですよ。とてもきれいで若いお嬢さんでした」

再び歩きだした。先ほどよりもずっとゆっくりだ。

「智代《ともよ》さんと名乗られましてね。どうやら樺山さまのお屋敷で女中奉公をしている娘さんのようでした」

「ほう、そいつは初耳だ」

「樺山さまは湯瀬さまにぞっこんですから、若くてきれいな娘さんがご自分のお屋敷で働いていることは、秘密にしておきたかったんじゃないですかね」

「富士太郎さんは、俺のことなどとうに気にもしておらぬさ」

「そうですかね」

「そうさ。最近、俺への態度が変わったと思っていたんだ。富士太郎さんは、その智代さんという女性に心が傾いているのかもしれん」

「さようですか。態度が変わってきていたのですか。それは知らなかったですなあ」

「それで、その智代さんはなんといったのかな」

「ああ、そうでしたね。富士太郎さんに急ぎの仕事が入ったらしく、行けなくなったとのことでした」

「急ぎの仕事というと、なにか事件でもあったのかな」

「かもしれませんね。智代さんは、なにが起きたのか、よく知らない感じでしたが。それも仕方ないでしょうね。いちいち教えるわけにもいかないでしょうからね」

直之進は、その事件というのが気になった。なんとなくだが、重大な事件ではないかという気がしている。

これまで何度も、富士太郎の探索を手助けしたことがあった。だが、直之進は富士太郎の力になろうという気はない。それはただの傲慢にすぎないからだ。

富士太郎は定廻り同心として、すばらしい能力を持っている。その力を遺憾なく発揮すれば、どんなにむずかしい事件でも、必ず解決に導けるはずだ。

「大きな事件でないといいですなあ」

光右衛門がしみじみとした口調でいった。

「近々またお顔を見せていただきたいですよ。樺山さまはとても素直な心の持ち主で、あの笑顔を見ると、手前はいつもほっとするものですから」

「それは俺も同じだ」

「樺山さまご自身、お気づきになっていないのかもしれませんけど、あのお方はきっとおなごにもてるんでしょうね」

「俺もそう思う。あんなにやさしい男は、そうはおらぬ。魅力にあふれた男だと俺は思っている」

「もし湯瀬さまが女だったら、樺山さまのもとに嫁いでもかまいませんか」

直之進は苦笑いを浮かべた。

「琢ノ介よりはずっとましだな」

「さようでしょうねえ。手前もまったく同感ですよ」

光右衛門が深い相づちを打つ。

「実は、智代さんも樺山さまに惚れているんじゃありませんかね」

「そうならよいな」

「一緒になるんですかね」

「智代さんというのは、とてもきれいな娘さんなんだろう。そうなるのではないかな」

「なったらうれしいですねえ」

「まったくだ」

直之進がいった途端、光右衛門が足をとめた。おきくたちのところまで、もう二間もなかった。

「このあと、有名な料理屋で食事をすることになっています。そのことはお話しいたしましたな」

光右衛門が、直之進の耳にささやき声を吹きこんできた。

「うむ、それはきいた」

直之進も押し殺した声で返した。光右衛門がうなずく。

「先ほどのことは、手前からおきくに伝えておきます。おきくはきっと小躍りして喜びましょう」

すでにその姿が光右衛門には、はっきりと見えているようだ。

「いや、それは待ってくれ」

直之進が制すると、光右衛門が不思議そうな顔をした。

「なぜでございますか」

「正式に申しこんだことを、俺がじかに伝えたいのだ」

光右衛門がにっこりとする。目が潤みそうになっていた。いや、もう目尻に涙が浮いている。

「それはかまいません。湯瀬さまがそうなさるほうが、おきくの喜びは大きなものになりましょう」

光右衛門が目尻をそっとぬぐった。

「湯瀬さま、今日は特にいい着物を召していらっしゃいますね。手前に正式に申しこむために、そういうお姿でいらしたのですね」

「本当は威儀《いぎ》を正して料亭で申しこもうと思っていたが、ちと目算を誤ったよう

すんだ」

「そうかもしれぬ。もっと緊張するかと思っていたが、おかげで脂汗も流さずにすんだ」

「それはようございました」

「いや、正直にいおう。俺はかちかちだった。緊張して、唇がかさかさだった」

光右衛門が人のよさげな微笑を漏らす。

「手前も湯瀬さまの緊張が移ったようで、膝ががくがく震えていました」

「えっ、そうだったのか」

「なにしろ長いこと待っていた瞬間がようやく訪れたのですから、緊張するなというほうが無理でしょう」

そうだったのか、と直之進は思った。さっきは光右衛門の念願がかなった瞬間でもあったのだ。こんなに望まれているのなら婿に入ってもいいか、という気になりかけたが、いや、そんなにたやすく結論をくだすものではない、という心の声がきこえてきた。

「湯瀬さま、今日は存分にお酒をいただきましょう」

「ああ、とことん飲もう。と申しても、最近ほとんど飲んでおらぬゆえ、どこまでつき合えるかわからぬが」

「そんなに無理はなさらないでけっこうでございますよ。手前もめっきり弱くなりましたから」

「ねえ、おじいちゃん、いつまで内緒話しているの」

幼い声がかかった。光右衛門がはたかれたような勢いで祥吉に顔を向けた。

祥吉の顔は、ほぼ真上にきた太陽の光を浴びて、きらきらと輝いている。汗をかいているように見えるが、そうではなく、肌がとてもつややかなのだ。子というのは、生命の力にあふれている。

光右衛門が、軽々とした足取りで祥吉に駆け寄った。

「すまん、すまん。もう終わったよ。待たせたね、祥吉。おなかも空《す》いただろう。さあ、昼餉にしよう」

## 三

ああ、残念だねえ。

滝の下で川に浮かべた小舟から投網《とあみ》を打つ漁師の図という、いかにも平凡な絵の描かれた襖《ふすま》を見つめつつ、樺山富士太郎は思った。正座していなければ、地団《じだん》駄《だ》を踏んでいるところだ。

ほんと残念だよ。無念でならないよ。

ずっと前から楽しみにしていたのに、こんなことになっちまうなんて。おいらがいったいなにをしたっていうんだい。なにか悪いことをしたかねえ。こんなことが起きないように、日頃の行いは厳《げん》に慎《つつし》んできたつもりだったのに、神さまはいったいどこを見ているんだい。

しかし、神さまに当たっても仕方ないねえ。おいらのなにかが悪かったんだねえ。きっと、まだ日頃の行いによくないところがあるってことなんだろうねえ。

富士太郎は襖から目をはずし、畳を見つめた。力のないとろんとした瞳になっているのは自分でもわかっているが、気力を奮い起こそうという気にはなれなかった。それだけ力が脱けている。

ああ、直之進さんと一緒に紅葉狩に行きたかったねえ。智ちゃんだって、指折り数えて今日という日を待っていたのに。まったくかわいそうだったよ。

富士太郎は米田屋に使いに出てもらうとき、一人で行っていいよ、楽しんでおいでといったが、智代は首を縦に振らなかった。富士太郎さんがいらっしゃらないなら私も行きません、とはっきりといったのである。

一人で行っても、楽しくありませんから。

あの娘はおいらのことが好きなのかねえ。そうだったらいいねえ。

富士太郎は直之進と紅葉狩に行けなかったのが残念なのではなく、智代と一緒に出かけられなかったのが残念でならないことに、今さらながら気づいた。

そういうことなんだよねえ。おいらは智ちゃんに惚れているんだよ。

そう思ったら、胸のあたりがほっこりとあたたかくなった。まるで焼芋でも懐に入れているかのようだ。

あの娘はおいらの心をここまであたためてくれるんだよ。智ちゃんは、かけがえのない娘だよ。

富士太郎は目をあげた。目の前の襖に智代の顔を映しだそうと試みた。漁師の姿がすっと消え、そこに智代の顔が代わりに映りこんだ。すっきりとした富士額《ふじびたい》に澄んだ瞳。すっと通った鼻筋、桜色の唇、小さな耳。そのいずれもが美しい。

調和の取れた面立《おもだ》ちをしている。

お嫁さんになってくれるかい、と頼んだら、智ちゃんは、うんといってくれるかなあ。いってくれたらすばらしいことだねえ。

しかし、と富士太郎は思った。こういうのは、やっぱり人をあいだに立てなきゃいけないのかねえ。それがきっと当たり前のことなんだろうねえ。誰がいいかねえ。やっぱり上役がいいのかな。

富士太郎の脳裏に浮かんだのは、上司に当たる与力の荒俣土岐之助《あらまたときのすけ》だった。そんなことを思ったら、富士太郎の胸はどきどきしてきた。痛いほどだ。

ああ、こんなので本当に智ちゃんに申しこむことなど、できるのかな。

気弱になってきた。うつむきそうになる。

なに、こんなのでくじけそうになっているんだい。

富士太郎は自分を励ました。

おいらは智ちゃんのことが大好きなんだ。智ちゃんもおいらのことを憎からず想ってくれているはずだから、きっとなんとかなるに決まっているよ。——本当に智ちゃんはおいらのことを好いてくれているのかな。実はちがう男が好きだなんてことは、ないのかな。いや、そんなことがあるわけないよ。おいらを見つめる智ちゃんの目。あれは本物だよ。

智代の瞳を思いだしたら、富士太郎はまたどきどきしてきた。気持ちを落ち着けるために、大きく呼吸をした。だが、そんなことでは動悸《どうき》はおさまらない。

なにか別のことを頭に思い描いたほうがよさそうだ。どうして土岐之助の呼びだしがあったのか、それを考えることにした。土岐之助は、非番の富士太郎を早朝から南町奉行所に呼びだした張本人である。

といっても、土岐之助にまだ目通りはかなっていない。富士太郎は、土岐之助の詰所に近い控えの間にじっと座っている。この部屋に通されてからまだ四半刻も経過していないが、土岐之助は人を待たせるのをなによりきらうから、きっとじきに呼びだしがかかるだろう。

それにしても、いったいどんなわけがあるんだろう。非番のおいらを呼びだすほど、差し迫ったことがあるのかねえ。

富士太郎はあらためて思案をはじめた。

人殺しなどの事件ではないだろうと思っている。その手のことなら、事件が実際に起きた場所に、とうに足を運んでいなければおかしい。

となると、どういうことなのか。

これまで何度も考えたが、富士太郎に思い当たることはない。叱責だろうかとも思ったが、このところ、咎《とが》められるようなしくじりは犯していない。

それに叱責ならば、昨日のうちに叱られていてもおかしくはない。昨日、富士太郎は仕事の引け際に土岐之助と言葉をかわした。あのときの土岐之助の様子に、妙なところは一切なかった。いつも通りの明るくほがらかな土岐之助だった。

富士太郎は心中で首をひねった。どういう理由で呼びだされたのか、さっぱりわからない。

そのとき、廊下を渡る足音がきこえてきた。富士太郎の部屋の前で足音は、ぴたりととまった。

「樺山さま、失礼いたします」

そんな声が届き、襖がするすると引かれた。すぐに若い小者の顔があらわれた。富士太郎を認めると、一礼した。富士太郎はていねいに返礼した。

「長らくお待たせいたしました。荒俣さまがお会いになります」

富士太郎は土岐之助の詰所に通された。富士太郎が大きな文机《ふづくえ》の前に正座すると、土岐之助がにらみつけていた書類から顔をあげた。破顔する。

「すまなかったな、富士太郎。呼びだしておいて待たせるなんてことはしたくなかったんだが、朝っぱらから急を要する書類仕事がたまっちまっていたのでな」

「いえ、かまいません」

　土岐之助がにっとする。

「相変わらず人がいいな、富士太郎。俺はおまえのそういうところが大好きだぜ」

「はあ、ありがとうございます」

「男の俺に好かれても、うれしくないって顔だな。富士太郎、好きなおなごができたんじゃねえのか」

「いえ、そんな」

「おめえも若くて健《すこ》やかな男だ。好きなおなごの一人や二人、いなくちゃおかしい」

「はい、その通りだと思います」

「おっ、ずいぶんと素直じゃねえか。本当に好きなおなごができたんだな。よかったなあ」

　土岐之助がすまなげな顔になる。

「今日は、その娘と逢い引きだったんじゃねえのか」

「いえ、逢い引きというわけではありませんので、ご安心ください」

「そうか、逢い引きじゃなかったのか。だが、なにか予定が入っていたんじゃねえのか」

「いえ、そういうのは別に」

土岐之助がじっと目を見据えてくる。

「相変わらず嘘が下手だな。入っていたってしっかりと顔に書いてあるぞ。富士太郎、すまなかったな。この穴埋めはきっとするから、今日は勘弁してくれ」

土岐之助が頭を下げた。

「勘弁だなんてそんな。どうかお顔をおあげください」

「その言葉に甘えさせてもらうぜ」

土岐之助がすっと顎をあげ、表情をきゅっと引き締めた。

「おめえを朝早くから呼びだしたのはほかでもねえ。人捜しを頼まれてもらいてえんだ」

「人捜しですか」

意外だった。これは頭にまったくなかった。

「どなたを捜すのですか」

「秀五郎《しゅうごろう》という大工だ。若《わけ》えが、すばらしい腕利《うでき》きでな、もう棟梁《とうりよう》をつとめている」

「若いとおっしゃいましたが、秀五郎という棟梁はいくつなのですか」

「二十七だ」

富士太郎の心象では、大工の棟梁というと、白髪の人だ。なかには秀五郎のように若くして棟梁になる者もいるのだろうが、それはかなり希有《けう》な例といってもよいのではないか。

「秀五郎が姿を消してから、すでに一月《ひとつき》もたっているんだ」

「そんなに」

土岐之助ががりがりと鬢《びん》をかいた。

「秀五郎の家人、これは女房と母親なんだが、人捜しをもっぱらの職にする者に頼んでいるんだ。だが、金ばかりかかって、ちっとも埒《らち》があかねえらしい。それで思いあまって、俺に頼んできたってわけよ」

「荒俣さまは、その秀五郎とはどのような関係でございますか」

「それが、あまりたいした関係とはいえねえんだ。俺が前になじみの大工に屋敷の改築をしてもらったとき、その手伝いで秀五郎が何人か手下の大工を連れてやってきただけのことでなあ」

確かにその程度の頼りない筋では、知り合いとはいえない。秀五郎の家人は、土岐之助の人柄をきいていたのだろうが、相手は南町奉行所の与力だ。直接頼むのはためらったことだろう。

秀五郎の家人は、勇気を振りしぼって土岐之助を訪ねたにちがいなかった。その勇気に是非とも応えてやりたい。富士太郎の心から、紅葉狩に行けなかった無念はきれいさっぱり消え去っている。すでに秀五郎捜しに力を傾けるつもりになっていた。

「おっ、やる気になってくれたみてえだな」

「はい、もちろんです」

富士太郎は、はきはきと答えた。

「秀五郎の家人は、自身番に届けはだしたのですか」

「ああ、秀五郎が行方知れずになって二日目にだしたそうだ。しかし、はなから、ほとんど期待はしていなかったみてえだな。まあ、確かに二日くれえじゃ、女のところに転がりこんでいるんじゃねえかって、勘繰《かんぐ》られるのが落ちだからな」

「秀五郎は女遊びが激しかったんですか」

土岐之助がかぶりを振る。

「そうでもねえ。まじめ一方ということもねえが、女遊びは早めに切りあげて、今の女房と一緒になったってことだ。それが今から五年前だ。惚れ抜いた女房で、秀五郎は今でもぞっこんだってことだ」

「夫婦に子は」

「二人いる。三歳と二歳の年子《としご》で、二人とも娘だそうだ。秀五郎はとてもかわいがっていたそうだ。秀五郎の母親の話では、猫かわいがりも同然だったらしい」

さようですか、と富士太郎はいった。

「家人に、秀五郎が姿を消すような心当たりはあるのですか」

「それがさっぱりねえってことだ。今いったように、秀五郎の生き甲斐は二人の娘だったらしいからな。ちゃんと嫁にだすまでは、くたばるわけにはいかねえっていうのが口ぐせだったくらいだ」

「その上に、女房にぞっこんということですか」

「そういうことだ。これ以上ねえほど妻子を大事にしている男が姿を消さなければならねえ理由は、俺にはまったく思いつかねえ。家人は、秀五郎の身になにかあったと考えているようだ。富士太郎、非番の日にすまねえが、さっそく家人に会って、あらためて話をきいてみちゃくれねえか。おめえがきくことで、新たに見えてくることもあるはずだ」

「お安い御用です」

富士太郎は深いうなずきを見せていった。

「頼むぞ、富士太郎。おめえは南町奉行所一のがんばり屋だ。それは紛れもねえ。期待しているぞ」

「ありがとうございます。荒俣さまのご期待に添えるようにがんばります」

「俺の期待なんか、どうでもいいさ。家人の期待に応えてやってくれ」

「承知いたしました」

富士太郎は秀五郎の家の場所をきき、土岐之助の詰所をあとにした。

南町奉行所の大門を出ようとしたときだ、人影が立ちふさがった。

「あれ、珠吉じゃないか」

中間の珠吉が穏やかな笑みを、しわ深い頬に刻んでいる。

「どうしてここにいるんだい。直之進さんたちと紅葉狩に行ったんじゃなかったのかい」

珠吉が笑みを消した。

「確かに智代さんが使いに見えましたよ。旦那が急に紅葉狩に行けなくなったって」

智代には米田屋に行く前に珠吉に伝えてもらうように頼んだのである。そのほうが八丁堀の屋敷から使いに行くのに、道筋として無駄がなかった。

「どうして紅葉狩に行けなくなったか、わけを智代さんにきいたら、なんでも旦那に御番所からの急な呼びだしがあったっていうじゃありませんか。それなのに、あっしだけ、のうのうと紅葉狩に出かけられるわけがないじゃないですか」

「その気持ちはありがたいけど、珠吉はとても楽しみにしていたじゃないか。それを無にしたくなかったんだよ」

「楽しみにしていたのは、旦那と一緒に出かけられるからですよ。旦那だって紅葉狩なんて、何年かぶりでしょう。そりゃ湯瀬さまたちと行っても、それなりに楽しいでしょうけど、旦那がいなきゃ、やっぱり心の底から楽しめませんからねえ」

富士太郎は、その言葉に心をゆさぶられた。すでに目尻が濡れている。

「旦那、なにも泣くことはないですよ」

「だって、珠吉の気持ちがうれしいんだもの。泣くなっていうほうが無理だよ」

「まったく旦那は、泣き虫ですねえ。そういうところはちっちゃい頃とちっとも変わっちゃいねえや」

そういう珠吉の目も心なしか潤んでいる。

「それにしても旦那、水くさいですよ。呼びだしがあったってことは、荒俣さまからなにか探索でも命じられたんじゃないんですかい」

「探索だなんて、そんな大袈裟《おおげさ》なものじゃないよ」

富士太郎は珠吉にどういうことか、ていねいに説明した。

「人捜しですかい。秀五郎っていう大工の棟梁ですかい」

珠吉が富士太郎をにらみつける。

「珠吉、どうしてそんな目をするんだい」

「やっぱり旦那が水くさいからですよ。どうしてあっしを呼びださないんですかい」

「だって今日はたまの非番だし、珠吉は紅葉狩に行っていると思っていたから」

「それが水くさいっていうんですよ」

珠吉が憤然としていう。

「今日が非番だろうが、そんなのはまったく関係ないんですよ。仮にあっしが紅葉狩に行っているとしても、そこを無理にでも呼びださないでどうするんですかい」

「でもさ、珠吉はきっと楽しんでいるって思っていたから」

「旦那、まだ四の五のいいますかい」

「わかったよ、珠吉」

富士太郎はもう抗弁するのをやめた。なにをいっても、珠吉には勝てはしない。

「次からは必ず珠吉を呼びだすからさ、今日のところはこのくらいで勘弁しておくれよ」

珠吉がにこりとする。

「あっしは、決して旦那を責めているわけじゃありませんよ。あっしはどんなときでも、旦那の力になりたいだけなんですからね」

「珠吉、ありがとうね。その気持ちはしっかりと受け取っておくよ」

「ええ、そうしておくんなさい」

珠吉が大門の下から、外を見渡す。富士太郎もそれにつられた。雲一つないい天気で、澄明《ちょうめい》な光が江戸の町をくまなく照らしている。道を行きかう人たちも、気持ちよさそうだ。風には体を伸びやかにするあたたかみがあり、こういう日なら、人捜しも必ずうまくいくのではないかという気がした。

「よし、珠吉、駒込元町だ。行こうかね」

「ええ、まいりましょう」

珠吉の歳を感じさせない元気な声を受けとめて、富士太郎はにこりと笑った。

ふっと息を吐きだしてから、秀五郎の家に向かって足を踏みだした。

四

背筋がむずがゆいのは、粘りけのある汗が流れ落ちてゆくからか。

それとも、勝てる気がまったくしないことからくる焦燥《しょうそう》のせいなのか。

――弱ったな。

せっかくここまで勝ち残ったというのに、最後にこんなに強い男が出てくるとは、平川琢ノ介は夢にも思わなかった。

本当にできるぞ、こいつは。

自分では太刀打ちできない。どうすればいいものか、うまい手立てがまったく浮かんでこない。

まるで頭が働くのを拒絶しているかのようで、琢ノ介は先ほどから焦りに焦っている。竹刀をぎゅっと握りこんでいなければ、ごつんと拳で脳天を殴りつけたい気分だ。

しかし、そのくらいやっても、頭はうまく働いてくれないかもしれない。いろいろと考えたところで、無駄なのではないかという気がする。それだけの差が、自分と相手とのあいだにはある。

ちくしょうめ。せっかくここまで来たっていうのに、どうしてこんな強いやつが残ってやがるんだ。

琢ノ介は相手の男をにらみつけた。そのくらいしかできることはない。

直之進や佐之助《さのすけ》ほどの化け物ではないが、こいつはできる。なにしろまったく隙がないのだから。

くっそう、いったいどうすりゃいいんだ。

琢ノ介の思いは、ぐるぐるとまわるだけだ。先ほどから同じことばかり考えている。

なんとかならぬものかな。直之進なら、いくら強いといってもさっさと片づけてしまうんだろうが、残念ながらわしは直之進ではないからな。

しかし、明らかな実力の差があるのははっきりしているのに、なぜか相手は打ちこんでこない。竹刀の先をかすかに揺らし、琢ノ介を誘おうとしている。

その誘いに乗って竹刀を振ったときが最後だということを、琢ノ介は解している。

琢ノ介が面を狙えば裏小手を押さえにこようとし、胴を打ちにいけば面に強烈な一撃が見舞われるだろう。小手《こて》を的にすれば、相手も琢ノ介の小手を打ってくるにちがいない。相手のほうが打ちこみの速さがずっと上なだけに、結果は見えている。こちらの竹刀が相手の体に達する前に、相手の竹刀がこちらの体を激しく打ってくるだろう。

それでも相手の出方はわかるのだから、その裏を衝《つ》けばなんとかなりそうな気がするのだが、相手はその逆をさらに狙ってくるにちがいない。動けば負けだ。それは、なんともしがたい事実である。

相手が誘っているのならば、誘いに乗らなければよいだけの話だ。そうすれば、少なくとも負けることはない。

だが、と思う。どうして向こうから攻撃をしかけてこないのか。道場でいえば師範代とようやく伸びはじめた門人ほどに実力の差は歴然としているのに、これはやはり妙だ。目の前の男には、攻勢に出られない理由でもあるのか。

琢ノ介は胸に希望の灯《ひ》が灯《とも》ったのを感じた。このあたりに、活路を見いだすことができるかもしれない。

琢ノ介はじりじりと横に動きつつ、面をつけた相手の顔をあらためて見た。

歳は自分と同じか、やや上だろうか。せいぜい三十前後といったところだ。目が、馬のようにやさしげに澄んでいる。鼻筋が通り、顎がほっそりとしている。いわゆる細面《ほそおもて》というもので、優美さが感じられる役者顔といってよい。いかにも女に騒がれそうだ。

対戦前は、こんな優男《やさおとこ》なら確実に勝てるぞとほくそ笑んだものだが、そいつはとんでもない思いちがいだった。考えてみれば、直之進も優男の類だが、人とは思えないほどの才を誇っているのだ。

優男で強い。天は公平とはいいがたいようだ。自分は優男ではなく、剣の腕はほどほどというところでしかない。しかも、でっぷりと太っている。樺太郎の馬鹿が、豚ノ介と呼ぶのも無理はない。自分でもだらしない、なんとかしなければ、と思うほど腹が出ている。この腹を見て相手の男も、勝てると踏んだにちがいない。

いや、今は卑下している場合ではない。勝つための算段をしなければならない。目の前の優男には、攻勢に出られないなにかがある。それを見つけだせれば、きっとなんとかなる。

琢ノ介はそう信じた。信じこんだ。

病でも抱えているのか。ここまで勝ち進むのに、琢ノ介は四人の敵を退けてきた。苦戦の連続だった。紙一重の差で勝利をものにしてきた。腕の差はほとんどなかったのに勝ち続けることができたのは、これまでの実戦の経験の差が出たゆえだろう。やはり修羅場をくぐり抜けているというのは、何物にも代えがたいのだ。命を失う怖れのない竹刀と命のやりとりになる真剣とでは、勝負の重さがあまりにちがう。

優男のほうは楽に勝ち進んできたのかもしれないが、そうはいっても少しは疲労がたまっているはずだ。そのために、体の内側に無理に押しこんできた病が顔をのぞかせはじめたということではないだろうか。

病につけこむなどという真似はしたくないが、ここは手立てを選んではいられない。金のためだ。目をつむるしかない。金のために、米田屋や直之進たちとの紅葉狩を犠牲にしたのだ。

ただでは帰れない。手ぶらで帰るわけにはいかないのだ。

琢ノ介は、一間ばかりの間を置いて見えている面のなかに、鋭い視線を当てた。この道場自体、暗くて、優男の顔色ははっきりとはわからない。

ただし、なんとなくだが、表情がさえないように見えなくもない。勘ちがいだろうか。それとも、ただ疲れが出ているだけにすぎないのか。

こちらを油断させるための手だろうか。だが、優男にはそんなことをする理由も必要もないだろう。油断が勝敗の分かれ目になるほど、実力が拮抗《きっこう》しているのならまだしも、彼我《ひが》の差はあまりにはっきりしている。

となると、あのさえない表情は芝居などではない。

これまでの四戦で、どこか悪くしたのだろうか。足をひねったりしたせいで、動くと激痛が走り、一撃に懸けているということも十分に考えられる。

ふーむ、怪我をしているのか。

攻撃をしかけてこないのは、そのくらいしか思いつかない。しかし、それが事実だとしても、どういう手立てを取ればよいのか、琢ノ介にはさっぱりわからない。飛びこんでいっては、相手の思う壺なのだ。向こうから飛びこんでくることはまずない。

つまり、このままでは我慢くらべになってしまうのではないか。相撲《すもう》の行司《ぎょうじ》のように審判が勝負を急《せ》かすようなことはないが、しかしこのままではまずい。二人とも雇われないという事態だって考えられる。もしそんなことになったら、ここまでの四戦が無駄になってしまう。

ここは自分からなんとかするしかない。相手が怪我をしているのなら、動きまわって隙をつくればよいのではないか。そうすれば、鉄壁と思える優男の守りも崩せるのではあるまいか。

よし、決めたぞ。わしから突っこんでやる。怪我につけこむようで申しわけないが、用心棒の座はわしのものだ。怪我をするほうが悪いのだ。いくら強くても、心がけがなっていなければ駄目なのだ。わしにだって疲れはあるが、怪我はしておらんからな。無事これ名馬という言葉もあるではないか。

琢ノ介は覚悟を定めた。その気持ちが伝わったか、優男の竹刀がわずかにあがった。構えがかすかに変わっただけだが、さらに隙がなくなったように見える。なに、崩してみせるさ。体が続く限り、とことん動きまわってやる。竹刀を振るい続けてやる。それで勝てなかったら、そういう運命だったということだ。

脳裏におあきと祥吉の顔が映りこんだ。二人が力をくれているような気がして、琢ノ介は気持ちが昂ぶった。

しかし、頭は冷静でなければならない。冷静であり続け、相手の思いが読めれば、勝利は自然とこちらに転がりこむ。

勝負とはそういうものだ。腕も確かに大事だが、それ以上に相手の心の動きが読めた側に勝ちがやってくるようになっている。つまり剣の道というのは、心を究《きわ》めることにあるのである。

えらそうなことを思ってはいるが、と琢ノ介は考えた。むろん、そこまで自分は達していない。故郷で世話になった道場の老師範がそんなことを常に話していた。それをいまだに覚えているだけだ。

だが、それは真理だろう。そのことを感じ取っているからこそ、体にしみついたように師範の言葉を忘れることがないのである。いつかその域に達することができるようにと願っている自分を、琢ノ介はよく知っている。願い続けていれば、きっとうつつのものになる。

琢ノ介は竹刀を上段にあげた。相手の目が細められる。見据えられている。夜に息づく獣のような凄みがある。琢ノ介がなにをするか、なにを考えているか、すでに覚った顔に見えた。

優男は、やはり一撃に懸けている。それ以上は体が動かないのだ。高給の用心棒の職にありつきたい理由が優男の側にもあるのだろうが、こちらだって負けるわけにはいかない。

またおあきと祥吉の顔が浮かんできた。頼む、と琢ノ介は心中で二人に語りかけた。力をくれ。

おあきと祥吉がにこにこと笑ってくれた。それを合図に、琢ノ介は一気に間合に足を踏み入れた。だん、という音が耳を打つ。同時に竹刀を振りおろす。力はいらない。しなやかに振ることだけを心がける。

優男はかわそうとしない。裏小手を狙うのではないかと思っていたが、姿勢を低くして逆胴に竹刀を振るおうとしている。

しかし、思っていた以上に体の動きがにぶい。やはり、どこかに怪我を負っている。

そうはいっても、これまでに対戦してきた者とは技量があまりにちがう。にぶいといっても、竹刀の速さはくらべものにならない。案の定、優男の竹刀のほうが先に琢ノ介の体に届く。

優男の竹刀はまるで真剣のように見える。暗い道場のわずかな光を集めたかのように、竹刀がぎらついていた。

それが琢ノ介の体を、両断しようとしている。背筋が凍った。いったいどうすればいい。恐怖に顔がこわばった。しかし、考えるまでもなく、体が勝手に動いていた。琢ノ介は跳びあがったのだ。

縮めた足の下を竹刀が通りすぎてゆく。琢ノ介は床板に着地した。竹刀を優男めがけて振りおろす。

優男は危地を逃れようとした。実際、怪我などしていないのではないかと思えるほどの動きを見せた。優男は琢ノ介の竹刀の外にすでに出ようとしている。だが、どうしてかその動きがぴたりととまった。優男がうつむく。まるで首を差しだしたようだ。

その姿に、琢ノ介は一瞬、躊躇《ちゅうちょ》しかけたが、そんなことをしても意味がないことに気づき、竹刀を思い切り振りおろした。びしっ、と小気味よい音が響いた。琢ノ介の竹刀は優男の面を確実に打った。

「一本っ」

審判の声が高らかにあがる。

「――勝負あり。それまで」

琢ノ介は優男に竹刀を向けたまま、審判に強い視線を当てた。ききまちがいではないかという気がしている。審判は小さく笑み、深くうなずいてみせた。

やった、俺の勝ちだ。これで高給は俺のものだ。やったぞ。

おあきと祥吉の二人も喜んでいる。琢ノ介はほっと肩から力を抜き、竹刀を引いた。

優男がよろよろと立ちあがり、琢ノ介を見やった。いきなり咳きこんだ。竹刀を放し、床にひざまずいて首をがくりと落とした。咳はなかなかおさまらない。

「大丈夫か」

琢ノ介は素早く歩み寄り、背中をやさしくさすった。目をみはった。男はやせている。肉の厚みがほとんど感じられない。このやせ方は尋常ではない。この男は病に冒《おか》されている。怪我などではない。琢ノ介はそう確信した。細面に見えたのは、病のせいだったのである。

どのくらい咳きこんでいたか、ようやく男は静かになった。すっと振り向くように顔をあげた。面のなかの目がやさしげだ。先ほどの凄みは消え、すっかり和んでいる。

「かたじけない」

「大丈夫か」

「もう平気にござる」

さようか、といって琢ノ介は男の背中から手を離した。

優男が立ちあがった。もうふらついてはいない。少し歩いて、蹲踞《そんきょ》の姿勢を取った。琢ノ介も同じ姿勢をつくった。

審判によって、あらためて琢ノ介の勝ちが告げられた。

優男が歩み寄ってきた。

「見事にござった。まさかそれがしの胴をああいうふうによけられるとは思っておらなんだ。びっくりしましたよ」

「わしもあんなよけ方ができるなんて、思っておらなんだ」

「体が勝手に動いたのでござるな」

「さよう」

優男がうらやましそうにする。

「平川どのといわれたな」

確かにこの最後の勝負の前に、審判は琢ノ介たちの名を口にして呼び寄せた。

琢ノ介は舞いあがっていたせいで相手の名を失念してしまったが、優男のほうは冷静に覚えていたのだ。

「それがしの膝がわずかながら折れたのを、見逃さなかったのでござろう。逆胴を繰りだしたとき喉に痛みが走り、それがし、踏ん張りがきかなかった」

優男が悔しげに唇を嚙む。

「狙い通りの逆胴でござったが、まずは体が丈夫でなければどうにもならぬということにござるな」

一礼して、優男が壁際に去った。力なく座りこみ、防具をはずしはじめた。その姿は憐れみを誘ったが、同情の声をかけてもどうなるものでもない。勝負というのは、常に冷徹なものだ。

琢ノ介は優男とは反対の壁際に正座した。面を取ると、どっと汗が噴きだしてきた。手ぬぐいで汗をふく。生き返った気分になった。できればすぐに着替えたい。

こういうときのために、着替えはちゃんと持ってきている。それはそこの納戸《なんど》に置いてある。それに、これから自分が用心棒をつとめる依頼主に会わなければならない。ちゃんとした着物はそのためにも必要だ。

道場の床板を滑るように、一人の小柄な男が寄ってきた。にっこりと微笑んでいる。琢ノ介の前にちんまりと座ると、深々と頭を下げてきた。

「このたびはおめでとうございます」

琢ノ介はうなずき、かたじけない、といった。

「見事な勝負にございましたな。手前、感服いたしました」

優男が病持ちでなかったら、勝負はどう転んだか、わからない。琢ノ介はなにもいわず黙っていた。

琢ノ介の沈黙を別の意味に取ったか、男があわてて名乗った。

「手前は山形屋《やまがたや》の番頭で、力造《りきぞう》と申します。よろしくお見知り置きのほど、お願いいたします」

あまり意味もないかと思ったが、琢ノ介も名乗り返した。

「平川さま、では、そちらでお着替えください」

力造が納戸《なんど》を指さす。琢ノ介はうなずいて立ちあがり、納戸に入りこんだ。そのとき道場を出てゆく優男の後ろ姿が見えた。寂しげな背中をしている。継《つ》ぎがいくつも当てられた着物の上からでもわかる肩の骨が痛々しい。

ああいう姿を見せられると、勝ちを譲ったほうがよかったかという思いにとらわれるが、今さらいっても詮《せん》ないことだ。それに、そういうのは次の勝負にも関わってくる。勝負の相手にいちいち情けをかけるのは、愚か者のすることでしかない。

琢ノ介は、振り切るように納戸の戸を閉めた。汗がまた出てきた。やはり激闘だったのだ。

ここで風呂に入れたら最高だが、贅沢はいっていられない。裸になり、汗をふく。手早く着替えを終えた。さすがにさっぱりして納戸を出た。

「では、まいりましょうか」

待ち兼ねていたらしい力造にいわれた。

「店に行くのか」

「はい、さようにございます。この道場は手前どものあるじが道場主と懇意にしておりまして、借りただけでございますから」

「審判だったお方が道場主か」

「さようにございます。お持ちいたしましょう」

「いや、このくらい自分で持とう」

「いえ、手前におまかせくださ い」

そこまでいうのなら、と琢ノ介は力造に汗まみれの着物が無造作に入っている風呂敷包みを手渡した。

「では、お預かりいたします」

琢ノ介は力造に先導されて、道場をあとにした。

目当ての山形屋は、ほんの二町ばかり離れているにすぎなかった。ゆったりと吹き渡る秋風に歩調を合わせて歩いているうちにあっさりと着いた。

ここは日本橋の小舟町《こぶなちょう》である。店先に『桂庵山形屋《けいあんやまがたや》』と墨書された看板が出ている。桂庵とは、口入屋を意味する。

店はかなり大きい。口入屋でこんなに広い間口を誇っている店は初めて見た。五間は優にあるのではないか。

職を求める大勢の者が出入りしている。御奉公人口入所と染め抜かれた暖簾《のれん》の休まる暇がない。

暖簾をくぐらず、力造が横の路地に入った。高い塀沿いに進むと、裏手の道に抜けた。表の道よりはだいぶ狭いが、それでもけっこうな人通りがある。高い塀は、屋敷と店のすべてをめぐっているようだ。

塀の切れ目に、瓦ののった屋根付きの門が設けられていた。位置からしてこれは裏口だろうが、がっしりとした門は、正門としてもおかしくはない。

二本の柱の太さには目をみはる。差し渡し一尺はあるのではないか。押したくらいではびくともしそうにない。力士でもむずかしいのではあるまいか。

力造があたりを油断なく見まわす。琢ノ介も同じようにした。人通りは相変わらず繁くあるが、いずれも穏やかな笑みを浮かべて通りすぎる者ばかりで、不審な人物はいない。妙な視線を感じることもなかった。門にはくぐり戸があるが、なかから錠がおりているようだ。

人通りが途切れたところを見計らって力造が声をかけると、応《いら》えがあり、錠ががちゃがちゃ鳴った。くぐり戸が、油を差してあるかのようになめらかにひらく。

どうぞ、といわれて琢ノ介はすいと体を入れた。くぐり戸の横に、厳しい目をした二人の浪人がいて、怖い目で見ていた。気配から、そういう者がいるのはわかっていたので驚きはしなかったが、それにしても剣呑《けんのん》な眼差しをしている。こちらも身構えてしまいそうだ。

二人とも、なかなかの遣い手ではある。山形屋の用心棒であろう。目の前の二人も、あの厳しい考試《こうし》を経て、この座を得たにちがいない。

しかし一見して、あの優男よりも腕がぐっと落ちるのがわかった。この二人もそれぞれ五人抜きを演じてこの場にいるのだろうが、つまりは、そのときに来合わせた者たちに恵まれたということだ。あの優男がまだ元気なうちに当たっていたら、あっさりと粉砕されていただろう。もっとも、それは自分も同じことである。

自分たちは運がよかった。ただそれだけのことだ。

よく磨かれた白い敷石が、連なる島のように点々と置かれている。それが母屋《おもや》のほうに続いていた。

「どうぞ、こちらに」

敷石を踏んで、力造が先導する。琢ノ介は黙ってついていった。

母屋の戸口には向かわず、枝分かれした敷石を力造は踏んでゆく。母屋の庭側に出ようとしているようだ。

日当たりのよい濡縁《ぬれえん》が見えてきた。濡縁の向こうは、十畳ほどの広さがある座敷である。障子はすべてあけ放たれ、座敷に涼やかで透明な風を通している。掃除が行き届いた畳は、まるで昨日替えたばかりのように陽射しを穏やかにはね返していた。

口入屋の分際でこんなに立派な屋敷に住んでいるのか、と琢ノ介は思った。米田屋とはずいぶんとちがう。口入屋とはこんなに儲かるものなのか。いや、そんなことはあるまい。まじめに仕事をしている米田屋を見ればわかる。かつかつとはいわないが、そんなに儲かる仕事ではない。この店の者は、裏でなにか悪いことをしているのではあるまいか。

そんな疑いを持ちつつ、琢ノ介は座敷を見つめた。

そこには男が一人、将棋盤を前にして正座している。歳は五十前後か。上等な絹の着物をまとっている。山形屋のあるじだろう。

「おあがりください」

力造にいわれ、琢ノ介は大きな沓脱石《くつぬぎいし》で雪駄《せった》を脱ぎ、濡縁にあがった。

「どうぞ、こちらに」

澄んだ声でいったのは、あるじである。将棋盤をうしろに引き、にこやかな笑みをたたえて琢ノ介を手招いている。

「お座りください」

「失礼する」

座敷の敷居際で一礼して、琢ノ介はあるじの前に進んだ。腰の刀を抜き取り、自らの右側に置いた。失礼する、ともう一度いって正座した。

「よくいらしてくださいました。平川さま」

まぶしそうな目であるじがいう。ほう、もうわしの名を知っているのかと琢ノ介は思ったが、道場から使いを走らせればすむことでしかなかった。

「手前は山形屋のあるじ、康之助《こうのすけ》と申します。お見知り置きのほど、よろしくお願いいたします」

「こちらこそ」

琢ノ介はさりげなく康之助を観察した。やや垂れ下がった両目は一見すると温和そのものだが、瞳の奥には隠しきれない鋭い光が宿っている。まるで、息をひそめた獣のような居住《いず》まいで、これまでに商売上数々の修羅場をくぐり抜けてきたのではあるまいか。

鼻はやや潰れたような形をしていて、愛嬌が感じられる。唇は上下ともにぼってりと厚く、顎は光右衛門ほどではないにしても、えらが張っている。

口入屋をやる者は、えらが張っておらぬとできぬという決まりでもあるのだろうか、と琢ノ介は思った。

「平川さま、まこと見事な腕前だとうかがっております」

こういうとき謙遜《けんそん》はいい効果を生まないことを、琢ノ介はこれまでの経験から熟知している。

「なんと申しても、この腕一本で生きてまいりましたからな」

笑顔でいって、琢ノ介は右手で左腕をぽんと叩いた。

「おう、それは頼もしい。では、これまで幾度も真剣での戦いをくぐってこられたのですね」

「それはもう」

「でしたら、人を殺《あや》めたこともあるのでございますか」

琢ノ介は眉根を寄せ、厳しい顔をつくった。

「ないと申したら、嘘になりますな。それはもちろん依頼主を守るためにござるぞ。無益な殺生《せっしょう》をしたことはござらぬ」

康之助が控えめな笑みを浮かべる。

「それはそうでございましょう。平川さまは、そんな無慈悲なことができるお方には見えません」

康之助がわずかに身を乗りだしてきた。顔が紅潮している。

「それで平川さま、手前の用心棒になっていただけますのか」

「それはもちろんのことにござる。その気がなければ、こちらまで足を運んでおりませぬよ」

ほっとしたように康之助が深くうなずく。

「さようにございましょうな。——それで、賃銀はすでに申しあげてあるもので、よろしいのでございましょうか」

「一日二分ということでしたな。異存はありませぬよ」

つまり二日で一両になる。こんなにおいしい話は滅多にあるものではない。もしこの仕事が一月《ひとつき》も続いたら、一年は食うに困らないだけの収入を得ることができる。

これは自分で探しだした仕事である。ほんの五日ばかり前のことだ。

最初は、口入屋の山形屋が用心棒のなり手を探しているという噂を耳にして、さっそく行ってみたのだ。

すぐにでも用心棒となってどこかの店にでも派《は》されるのかと思ったらそうではなく、まずは山形屋の仕組みをきかされた。

山形屋では、腕がすばらしく立つ者しか雇わない。いったん雇えば、山形屋が続く限り面倒を見るということだった。山形屋の面目に懸けて、必ず雇うところを見つけるとのことだ。

腕を見るために考試を受けてほしいといわれて、琢ノ介は今日という日を指定されたのである。

いわれた通り、今朝になって道場に赴くと、自分と同じように目をぎらぎらさせた浪人であふれていた。数えてみると、自分を含めて三十二人いた。

その三十二人が竹刀での試合を繰り返し、次々に人数を減らしていった。すべての試合が終わり、最後に残ったのが琢ノ介ということだったのである。

山形屋に雇われて、そこからどこかに用心棒として赴くことになるのだろうと思っていたが、どうも様子がちがうことに、琢ノ介は山形屋の裏手にやってきたときに気づいた。屋敷内から、ひどく物々しい雰囲気が漂ってきたからだ。

それにしても、まさか山形屋本人の警護をすることになるとは思わなかった。

「しかし、どうしてご自分のために用心棒を雇おうと思われたのですかな」

「こんなものがきたのですよ」

康之助が苦い顔で、懐から一枚の文《ふみ》を取りだした。

「読んでも」

「もちろんでございますよ」

琢ノ介は受け取り、文をひらいた。

あっという間に読み終えた。というより、一行しか書かれていなかった。

『命をもらう』

金釘流《かなくぎりゅう》の字で、それだけだった。

「この文に心当たりは」

「いえ、ありません」

「この文がきたといわれたが、飛脚便で届いたのかな」

「いえ、朝、店の戸口に差しこんであったのでございます」

「それはいつのことでござろう」

「かれこれ半月前でございます」

なるほど、と琢ノ介はいった。

「それがしが感じたことを申しあげる。気を悪くなさらないでほしい」

「はい、どうぞ、おっしゃってください」

「こんなことを申すのはどうかと思うが、こちらは口入屋にしては、贅沢すぎる屋敷を構えておられる。口入屋がこんなに儲かるものとは、それがしにはどうしても思えぬ」

「口入屋で儲けているわけではありませぬ」

康之助があっさりとした口調でいった。

「手前どもは、家屋の周旋が主な生業《なりわい》でございます」

「ほう。そちらはそんなに儲かるものでござるのか」

「はい、かなり。家屋や土地を周旋することで受け取る口銭は口入れと同じで一割ですが、やはり口入れとはくらべものにならないほど高い額を受け取ることができます。それでこういう贅沢をさせてもらっているわけでございます」

「我らも、一日二分という高給で、その恩恵にあずかれるというわけだ」

「まあ、そういうことにございますね」

しかし、たいしたことはあるまい。

琢ノ介は高《たか》をくくった。本気で康之助の命をもらうつもりでいるのなら、こんな文など送ってくるまい。

康之助が真顔になった。

「ただし、やはり高給の裏には危険がひそんでおります。隠し立てしたところでどうせ平川さまのお耳に入るでしょうから、ここで申しあげておきます」

琢ノ介は姿勢を正した。

「これまで手前は三度、襲われています。そのいずれも用心棒の先生方の奮戦で、なんとか命を長らえています。しかし、その三人の先生はいずれも」

康之助が悲しげに視線を落とした。

さすがに琢ノ介はぎくりとした。尻のあたりがむずむずする。すでに帰りたくなっている。

「命を失ったといわれるか」

康之助が目をあげた。静かにいう。

「いえ、そこまでは。しかし、お二人の方は二度と刀を手にできぬお体になってしまいました」

「もう一人は」

「左肩にかすり傷を負われました。しかし、もう用心棒はおやめになっています」

気持ちはわからないでもない。やはり実戦は怖い。傷を負ったとなると、なおさらだろう。しかもかすり傷といっても、刀で斬られると、おびただしい血が流れ出る。これは実戦を経験した者でないと、わかるまい。

「番所には」

「はい、もちろん届けました」

「最初に襲撃があったのはいつのことでござろう」

「文がきた三日後のことにございます」

「そのときに用心棒は」

「つけていました。もともと手前は用心深いたちでございまして、いたずらと笑い飛ばせなかったものでございますから」

警告で終わらなかったというわけだ。

「三度襲われたといわれたが、襲ってきた者の顔は」

「いえ、見ておりません。覆面らしいものをすっぽりとかぶっておりました。しかも、夜間でしたから、仮に覆面がなくとも、ろくに見えなかったものと」

豪胆そうに見えるが、面にわずかにおびえらしいものが浮いている。

「体つきもおわかりにならぬか」

息をついて、康之助が首をひねる。

「わかりません」

さようか、といって琢ノ介は康之助の肩越しに、ちらりと視線を投げた。奥の襖のほうだ。

「あちらに一人おられるようだが、あのお方も用心棒かな」

襖に隠れて姿は見えないものの、強烈な殺気のようなものを発しており、そこに誰かいることは、心得のある者ならすぐにわかる。

「おう、さすがでございますね」

康之助が感嘆の声をあげる。

「まあ、これが商売ですからな」

「いやあ、すばらしい」

満面の笑みで康之助が振り返り、襖のほうに目をやった。

「木田諏訪右衛門《きだすわえもん》さま、おいでくだされ」

からりと音を立てて襖があき、六尺以上はあるのではないかと思える浪人者が姿を見せた。背丈の高さだけでなく、横もあるから、とにかく大きく感じる。刀も長いものを帯びている。刃渡りだけで二尺五寸はあるのではないか。これだけの長身でないと、使いこなせる代物ではない。

当然のように諏訪右衛門は康之助の横に座を占めた。細い目をしている。光右衛門と同じくらいだ。

ただし、眼光の鋭さは光右衛門の比ではない。なにか得体の知れない冷たさのようなものを覚える。この男と対していると、背筋が薄ら寒くなる。遣い手であるのはまちがいない。今日のあの優男以上ではあるまいか。

康之助が、琢ノ介のことを諏訪右衛門に紹介した。新たな用心棒だと告げると、ふん、と鼻を鳴らして、馬鹿にしたような目で琢ノ介を見た。

琢ノ介は会釈一つ返さず、そっぽを向いた。こういうのはなめられたら負けだ。

「木田先生に来ていただいてからは、まだ一度も襲われておりません」

康之助が自慢げにいう。

「しかし、山形屋どのは木田氏《うじ》だけでは足りぬと思われた」

「いえ、ちがいます」

琢ノ介の言葉に康之助があわてて手を振った。

「万が一の用心のためです」

諏訪右衛門がにらみつけてくるが、琢ノ介は平然としていた。

「門のところの二人は」

琢ノ介は康之助にただした。

「あのお二人は、この屋敷を守るための先生方でございます。手前どもが留守にしていあいだに賊に入られないための用心にございます」

なるほど、そういうことか、と琢ノ介は思った。

「実は今夜、取引先との寄合がございます」

「どこで」

「この近くの料亭でございます。距離は三町ばかりにございましょう」

「その寄合には、山形屋どのは必ず行かねばならぬのでござるな」

「はい。ひじょうに大事な寄合にございますので」

「では、木田氏とそれがしで警護に就けばよろしいということにござるな」

「はい、そういうことでございます。よろしくお願いいたします」

康之助が深々とこうべを垂れた。

料亭は市乃橋《いちのはし》といい、暮れ六つからはじまった寄合は、夜の五つ半すぎに終わった。

往きはわずかながらも明るさがあって、往来にも大勢の人たちの影があったが、今はすでに夜のとばりが降りて、ろくに人通りはない。日本一繁華な町である日本橋といっても、夜ともなれば死んだようになるのだ。

琢ノ介の目には、そこかしこに物の怪《もののけ》がひそんでいるように見えた。今夜は半月が出ているはずだが、あいにく厚い雲に隠れて、その姿を眺めることはできない。

道を行きかう提灯《ちょうちん》も滅多に見ることはない。ときおり、えっほえっほとかけ声を発して辻駕籠《つじかご》が行くくらいである。

襲撃をかけるのには格好の夜だ。他出することは町奉行所にも届けてあり、このあたりを張ってくれているのではないかということだった。

富士太郎ほど仕事熱心で思いやりの気持ちがある者であれば、そういうこともしてくれるかもしれないが、奉行所の者も所詮は役人だ。康之助のために、果たして命を張ってくれるかどうか。

だが、そんな気配はどこを探してもない。どうも、町奉行所から出張っていない公算のほうが強そうだ。

暖簾を払って康之助が出てきた。そばに諏訪右衛門と番頭の力造が付き添っている。寄合の相手というのは、まだ飲んでいるのか、姿を見せない。

琢ノ介はずっと外で、怪しい者の出入りがないか、見張っていた。

力造が提灯をつける。ぽっと淡く頼りない光が道端を照らしだした。こんな心《こころ》許《もと》ない灯りでも、半間四方は明るくしてくれるから、ありがたいものだ。

「では、まいりましょうか」

康之助が声をかけた。力造が歩きだす。

琢ノ介は油断なくあたりを見まわしてから、康之助の前についた。康之助にうなずきかけ、歩を進めはじめる。

諏訪右衛門は康之助のうしろを守っている。のっしのっしと足音がきこえてくる。目方も相当のものだろう。あまり人のことはいえないが、自分より重いはずだ。

なにごともなく小舟町に入った。店まであと半町もない。だが、ここで気をゆるめることはできない。襲撃者は、こちらが油断するのを待っているかもしれない。

闇に浮くように店がうっすらと見えてきた。裏にはまわらない。表口から入ることになっている。

「路地を照らしてくれ」

店の前まで来て、諏訪右衛門が低い声で力造にいった。はい、と答えて力造が提灯をかざした。裏手にまわる路地が照らしだされた。誰もいなかった。

琢ノ介は頭上にかかる庇《ひさし》を見た。誰もいない。諏訪右衛門もその長身を利して確かめている。

「あけておくれ」

康之助がなかに声をかけた。

「はい、ただいま」

そんな声が届き、臆病窓がまず音を立ててひらいた。二つの目がうかがうようにじっとこちらを見る。

「わしだよ」

康之助が臆病窓に向けて顔を突きだす。

「今あけます」

くぐり戸の桟《さん》がはずれる音がした。琢ノ介は緊張を保ったままだったが、康之助や諏訪右衛門、力造たちのあいだに、なにもなかったと、わずかに弛緩《しかん》した空気が流れた。

その機を逃さず、いきなり庇の上から影が飛びおりてきた。

うおっ。

心の底から驚いたが、琢ノ介はすぐさま平常心を取り戻すと、刀を抜き打った。

影はよけてみせたが、その勢いを減ずることなく、康之助に躍りかかった。刀を振りおろす。

琢ノ介は刀を思い切り伸ばして、その一撃を打ち払った。がきん、と音がして、火花が散った。

「おのれっ」

声をあげたのは諏訪右衛門だった。刀を抜くや、影に向かって胴に払っていった。だが、その斬撃は少し脇が甘くなったようだ。影が諏訪右衛門の懐に躍りこみ、刀を振るったのである。諏訪右衛門が、ぐわっと悲鳴のような声を発した。へたへたと巨体がくずおれる。

「木田さま」

力造が諏訪右衛門に駆け寄る。

影はあきらめたか、道を走りだそうとしている。とらえられるやもしれぬ。琢ノ介は地を蹴って影を追った。

ほんの三間ばかり走ったところで、いきなり影が体をひるがえした。一気に距離が詰まった。刀を振るったのはわかったが、琢ノ介には相手の斬撃が見えなかった。やられたっ、と観念したが、斜めに構えた刀に強烈な衝撃があった。これも体が勝手に動いてくれたのだ。助かったと思う間もなく、影が琢ノ介の横を風のように通りすぎていった。狙っているのは康之助である。

「店に入れっ」

琢ノ介は怒鳴った。すでにくぐり戸はあいている。

それまで呆然としていた康之助が我に返った。水をかくような手つきで動き、くぐり戸に身を入れる。

影が刀を振りおろしたが、それは甲高い音を立てて閉まったくぐり戸を傷つけたにすぎなかった。ちっ、という舌打ちがきこえた。どこかくぐもった声になっているのは、覆面をしているからだろう。

影が静かに振り返り、琢ノ介を見つめた。表情のない二つの目に見据えられ、琢ノ介の全身に悪寒が走り抜けた。いま斬りかかられたら、据物《すえもの》も同然にされてしまうような気がした。

いや、そんなことはない。あるはずがない。巻藁《まきわら》のように斬られてたまるものか。

琢ノ介は体に力をこめた。刀をあらためて正眼に構える。

影は襲ってこなかった。一度瞑目《めいもく》すると、いきなり走り去ったのである。その姿は、あっという間に闇にのみこまれていった。

た、助かった。

琢ノ介は今にもその場に崩れ落ちそうだった。しかし、用心棒としてそんな恥ずかしい姿は見せられない。

「大丈夫か」

琢ノ介は、巨体を丸めて苦しがっている諏訪右衛門を見つめた。力造が必死に介抱している。暗いからよく見えないが、足から血を流しているようだ。今の賊に、諏訪右衛門の命を取るつもりはなかったということだろう。

「医者は」

琢ノ介は力造にきいた。力造は手ぬぐいを傷口に押し当てている。気づいたように顔をあげ、琢ノ介を見た。

「えっ、なんでしょう」

琢ノ介は同じ言葉を繰り返した。

「ああ、はい。近くにいらっしゃいます」

「呼んだほうがいいな」

「あっ、はい、そういたします」

しかし、力造は諏訪右衛門の介抱に忙しく、自分で使いに出る気はないようだ。動転しているのだ、やむを得まい。

琢ノ介は店の戸を軽く叩いた。

「あるじどのはご無事か」

「はい、大丈夫にございます」

康之助の声が耳に届く。少し震えているのは、仕方ないことだろう。

「平川先生はいかがです」

「わしは無傷だ」

琢ノ介は自らの体を見おろした。少なくとも痛みはない。はっきりとはわからないが、どこにも傷は負っていないようだ。

「木田氏が怪我をした。使いをだして医者を呼んでやってくれ」

「承知いたしました。あの、あけてもよろしいでしょうか」

琢ノ介は一応、あたりの気配を探った。

「ああ、かまわぬ」

くぐり戸があいた。若い手代らしい者がおそるおそる顔をのぞかせた。

「医者へは」

「はい、手前がまいります」

「気をつけて行ってくれ」

「はい、承知いたしました」

手代は提灯を手早く灯すや、闇のなかを走り去っていった。

琢ノ介は庇を見あげた。先ほど確かめたときには、確実に誰もいなかった。おそらくあの賊は屋根にぴたりとうつぶせ、琢ノ介たちが庇を確認したのを見て、ひそかに移ってきたのだろう。その気配を毛筋ほども漏らさないなど、恐ろしいまでの腕の持ち主といえる。

「血はまだとまらぬか」

うめき声がきこえ、琢ノ介は力造にたずねた。

「いえ、もうとまりそうにございます」

「よし、なかに運びこもう」

琢ノ介は、諏訪右衛門のために布団を敷いてくれるように康之助に頼んだ。

諏訪右衛門は重かったが、なんとか運び入れることができた。

枕に頭をあずけた諏訪右衛門は苦悶の顔つきで問いかけた。

「わしは死ぬのか」

枕元に座った琢ノ介は破顔した。

「まさか。かすり傷よ。じき医者が来る。しっかりと手当をしてもらえば、大丈夫だ。案ずるな」

「気休めを申しておるのではあるまいな」

「それだけしゃべることができる。大丈夫に決まっておろう」

しかし、と琢ノ介は思った。これで諏訪右衛門は使えない。

果たして一人で山形屋康之助を守りきれるか。

いや、あの遣い手が相手では無理だ。

助勢が必要だ。

琢ノ介の脳裏には、すでに端整な顔を持つ男の姿が浮かんでいる。

# 第二章

## 一

眠りが浅くなった。

直之進は目をあけた。

今、とてもいい夢を見ていたようだが、内容は覚えていない。きれいさっぱり消えてしまっている。少し残念だが、夢というのは、もともとこんなものだろう。

直之進は上体を起こした。う－ん、と伸びをする。気持ちがよい。久しぶりにいい眠りをとった。毎日、眠れていないということはないが、これほど自然な目覚めはここ最近なかった。

これはやはりおきくを妻にもらいたいと光右衛門に申しこみ、快諾してもらったゆえか。

光右衛門があらかじめ部屋を取っておいた料亭で、直之進はおきくに、光右衛門に正式に婚姻の申しこみをしたと伝えた。おきくはうれし涙を流していた。おあきとおれんの二人も、小躍りして喜んでくれた。おきく、幸せになるのよ、とおあきが力強くいった。祥吉も、お姉ちゃん、よかったね、とおきくの顔をのぞきこんでいってくれた。

料亭ではおいしい料理と酒がたくさん出た。祝いの席となり、宴は盛りあがった。これで琢ノ介や富士太郎、珠吉が来ていたら、もっと楽しかっただろう。

しかし、祝いの席は昨日だけではない。祝言の前に、光右衛門が音頭を取って、また催すにちがいない。

ああいう酒はいい。もともと酒にはさして強くないから、存分に飲むなどという真似はできないが、昨日の酒は実にうまかった。

特に、おきくが注《つ》いでくれたときには、同じ酒でも明らかに味がちがった。おきくは、酒をおいしくするまじないでも知っているのではなかろうか。

あんなにおいしい酒なら、また飲みたい。けっこう飲んだ割にふつか酔いにならなかった。どころか、これだけいい目覚めをもたらしてくれる。酒が百薬《ひゃくやく》の長といわれるゆえんかもしれない。

直之進は、はっとした。いま何刻だろうか。今朝は、朝餉を食べに来るように光右衛門にいわれている。遅くなるわけにはいかない。昨日の今日だ。早く行かないと、おきくが悲しむだろう。

直之進は土間に降りた。甕《かめ》から柄杓《ひしゃく》で水をすくい、一杯だけ飲んだ。渇きが癒され、ほっとする。

心張《しんば》り棒《ぼう》をはずし、障子戸をあけ放つ。長屋の路地には明るさが満ちており、光がさっと土間に流れこんできた。昨日に劣らず、今日もよい天気である。風がさわやかで、ひじょうに心地よい。

房楊枝《ふさようじ》と手ぬぐいを手に、井戸に向かう。井戸端には長屋の女房たちがたむろし、たらいで洗濯しながら、かしましい世間話に興じていた。

直之進の登場に、女房たちの目がいっせいに向けられた。

「あら、湯瀬の旦那、今日はずいぶん早いのね」

「うむ、たまには早起きせんとな」

「仕事に出かけるの」

「いや、今日は休みだ」

「ああ、そうだな。毎日ほとんど遊び暮らしているようなものだ」

「いいご身分だわ。うらやましいわ」

「こんな貧乏浪人がか」

「ねえ、湯瀬の旦那、昨日、いいことがあったの」

直之進はどきりとした。

「なんだ、どうしてそんなことをきく」

「だって、昨日の夜の五つ頃に湯瀬の旦那、帰ってきたでしょ。鼻歌、歌っていたわよ。そんなこと、滅多にあることじゃないから、私、驚いちまったのよ。亭主もびっくりしててね、大地震のまえぶれじゃないかって、言い合っちまったわ」

「鼻歌なんか、歌っていたかな」

「あら、いやだ、覚えてないの。ご機嫌だったわよ」

覚えがない。

直之進は首をかしげた。

「そういわれてみれば、歌っていたような気もするな」

「今日も、じゃないの」

「覚えをなくすほど深酒したの」

「いや、そんなには飲んでおらぬ」

「ねえ、湯瀬の旦那、どんないいことがあったのさ」

「いや、そのうち話す」

「あら、逃げるの」

「ちょっと出かけなければならぬ」

直之進は井戸に釣瓶《つるべ》を落として、水を汲んだ。房楊枝を使って歯を磨く。顔も洗い、手ぬぐいでふいた。さっぱりした。斜めに差しこむ朝日を浴びていると、人として生きている実感があった。

「ねえ、湯瀬の旦那、どこに行くの」

またも女房の一人にきかれた。

「米田屋だ」

「仕事を探しに行くの」

「いや、朝餉を馳走になりに行くんだ」

「あら、いいわねえ。そういえば、あそこの双子の美人姉妹の妹さんのほうとは、うまくいってるの」

「うむ、まあな」

「あら、じゃあ、その妹さんとの縁談でも決まったんじゃないの」

「ああ、そうよ。きっとそうよ」

「まちがいないわ。でなければ、湯瀬の旦那が鼻歌なんか、歌うわけないもの」

相変わらず女房衆の勘は鋭い。

「ねえ、湯瀬の旦那、どうなの」

「この際だから、はっきり答えちまいなよ」

「そのあたりのことは、必ず話すゆえ、今は勘弁してくれ」

直之進は逃げ帰るように店《たな》に戻った。戸を閉めると、ふう、と息が漏れた。

直之進は素早く身支度をととのえた。昨日、着ていた着物は衣紋掛にかかっている。袴はたたまれて、隅に置かれている。

酔って帰ってきたのは紛れもない事実だが、着物などの後片づけなど、ちゃんとしてから布団に横になったのである。あまりたいしたことではないが、自分をほめてやりたくなった。

直之進は土間に降り、静かに障子戸を横に引いた。女房たちは、まだ井戸端で盛んに話をしている。

「湯瀬の旦那、行ってらっしゃい」

「米田屋のみなさんによろしくね」

「たらふく食べていらっしゃいね。遠慮なんかいらないわよ」

直之進は女房たちにうなずき返し、路地を早足で歩きはじめた。そそくさと長屋の木戸を出る。角を曲がると、急に女房たちの声が遠ざかった。

向こうから急ぎ足でやってくるでっぷりとした男に気づいて、直之進は、おっ、と声をあげた。立ちどまる。

「琢ノ介ではないか」

声をかけると、琢ノ介が顔をあげた。

「おう、直之進」

うれしそうに近づいてきた。ただ、少し目がはれぼったいようだ。寝すぎたのか。その割に、顔だけでなく体にも疲労の色が濃いような気がする。

「琢ノ介、どうした。大丈夫か」

琢ノ介がつるりと顔をなでた。

「いきなりそんなふうにいわれるなど、わしはよほど疲れているように見えるんだな」

「ちとあった。それで、直之進に用があって、ちょうどおぬしの長屋に行くところだった。こんなところで会うなんて、わしは相変わらず運がよい。――出かけるのか、直之進」

「ああ、米田屋に行く」

琢ノ介が顔を輝かせる。

「もしや飯を馳走になりに行くのか」

「そうだ」

「ならば、わしもつき合おう。なにしろあそこの飯は実にうまいからな」

直之進は琢ノ介と肩を並べて歩きだした。相変わらず風はさわやかで、陽射しはあたたかだ。いい日和《ひより》である。

「それで、どんな用だ。その疲れた顔に関係があるんだな」

直之進は琢ノ介にたずねた。

「ああ、ある。仕事を頼みたいんだ」

「仕事というと」

「用心棒だ」

「誰のだ」

「わしのだ」

直之進はびっくりして、琢ノ介の横顔を見つめた。

「琢ノ介、誰かに狙われているのか。だから、そんなに疲れ切った顔をしているのか」

琢ノ介が首を横に振る。にかっと明るい笑みを見せた。

「相変わらず冗談の通じぬ男よ。わしではない。わしの雇い主だ」

直之進は顎を指先でかいた。

「冗談だったのか。おぬしの場合、冗談と本気の境目がいまだにわからぬ」

「まだわしに慣れておらぬということだな。もう少し深くつき合えば、いずれわかるようになろう」

直之進は真顔になった。

「それで、雇い主というのは」

琢ノ介が守るべき男の名を告げる。

「ふむ、山形屋康之助どのか。口入屋だといったな」

「ああ、米田屋と同業だが、山形屋の場合、土地や家屋の周旋が主らしい。口入屋としても相当、繁盛しているようだが」

「別の口入屋に出入りするなど、おぬし、浮気したのか」

「浮気などと、大袈裟なことはいわんでくれ。ちと、割のよい話がないものかと探していたら、山形屋のことが耳に飛びこんできただけにすぎぬ」

「ほう、割のよい話か。昨日、おぬしが紅葉狩に来なかったのも、その山形屋が関係しているのだな」

そういうことだ、と琢ノ介がいった。

「昨日、わしは用心棒の初日だった。そうそう危ない目にはあわぬだろうと高をくくっていたのだが、驚いたことにいきなり襲われたんだ」

なんだと、直之進は思わず顔をしかめた。

「山形屋はどうした」

琢ノ介が誇らしげな顔になる。

「無事だ。わしがなんとか守ったゆえな。しかし、もう一人の用心棒は使い物にならなくなった」

「まさか殺されたのではあるまいな」

「いや、足を斬られただけだ。だいぶ血が出たが、命に別状はない。診《み》てくれたのが腕のよい医者らしいから、きっと元通りに治してくれよう」

「それはよかった」

用心棒の片割れが使い物にならなくなったとの話をきいて、直之進は話の流れがつかめた。

「琢ノ介、俺の役目はつまり、やられた用心棒の代わりだな」

「さすがに察しがよい」

琢ノ介がにこりとする。

「おぬしはやめるつもりはないのか。相手はとんでもない遣い手だったのだろう」

琢ノ介が目を丸くする。

「よくわかるな。いや、さっきの説明でわしはそういったか。――やめる気など毛頭ない。おぬしが来てくれたら、千人力だ。いや、百万の味方を得たも同然だ」

琢ノ介が唾を飛ばす勢いでいう。

「なにしろ賃銀がすごくいいんだ。きいて驚くな、直之進。一日二分だぞ」

直之進は目をむいた。

「そいつはすごい」

二日で一両などという仕事は、これまでありついたことがない。琢ノ介が飛びつくだけのことはある。よく探しだしたものだ。

「驚くなっていったのに。――とにかくだ、わしは直之進思いだから、こんなにおいしい仕事を持ってきてやったんだ」

「襲ってきた相手はどんな剣をつかった」

琢ノ介が情けない顔になる。

「いや、ほとんど覚えておらぬ。なにしろ暗くてろくに見えなかった」

「そうか」

「覆面はしていたが、わかったのは、そのくらいだ。なんにしても直之進、これだけ割のよい仕事で、危険がないなんてことはあり得ぬからな。山形屋は、昨日のも合わせて四度、命を狙われたそうだ」

「四度もか。すごい遣い手にそれだけ狙われて、まだ生き長らえているなど、なかなかできることではなかろう。山形屋康之助という男は運がよいようだ。だが、どうして狙われている。理由はきいたか」

「きいたが、本人には心当たりがないというんだ。だが、土地や家屋の周旋をしていれば、なんらかのもめ事があって当然だろう。狙われているのは、そのあたりに起因しているにちがいない」

「それでおぬし、昨夜は寝ずの番か。襲われたことに加え、一睡もしておらぬから、そんなに疲れた顔をしているんだな」

「できれば布団にぶっ倒れたい。百両払ってもよいくらいだ。そんな持ち合わせはむろんないがな」

直之進たちは表通りに出た。もうそこに米田屋が見えている。路上には看板が出ておらず、店の暖簾もしまわれたままだが、戸口は広くあいている。

直之進は足をとめて、じっと見入った。横で琢ノ介は不思議そうにしているが、文句をいうでもなく、黙って一緒に立ってくれている。口うるさいこともあるが、こういうふうになにもいわずにいてくれることもある。このあたりが、友として信頼できると思うのだ。

米田屋が戸口を広くあけてくれているのは、きっと直之進が入りやすいようにしてくれているのだろう。直之進は、おきくたちの心遣いに深く感謝した。

おきくだけではない。光右衛門もおあきもおれんもあたたかだ。ああいうやさしい心根の持ち主たちと家人としての関係を築けるのは、これ以上ないことである。

問題はただ一つだ。侍を捨てるか、それともこのままでいるかである。

侍を捨てることになれば、又太郎からもらっている扶持も返上しなければならない。

米田屋の婿になってしまえば、食べることについてはもはや心配はいらないだろうから、返上しても暮らしに支障が出るようなことはまずあるまい。

しかし、侍をやめるというのは、又太郎の家臣であることもやめることを意味する。自分がいなくなって、又太郎は悲しむのではあるまいか。家臣として、主君を悲しませるような真似はしたくない。

となると、侍はやめないほうがいいということになるが、この決断は光右衛門を悲しませることになろう。

しかし、考えてみれば米田屋には、祥吉という跡取りになるべき男の子がすでにいる。あの子がいる限り、米田屋の将来に不安はまったくないのではないか。

そう考えたら、直之進はすっきりした。

俺はこのまま侍を続ければよい。

しかし、その決意にしても、また問題が出てくる。昨日、光右衛門にいわれたことだが、どうやって生計を立てるかだ。

できることなら、性《しょう》に合っていることで生計を立てたい。それが長続きの秘訣だ。

なにがいいのだろうか。やはり剣の腕を生かすものが望ましいのではないか。道場をひらくか、師範代に入るか、それとも用心棒か。剣の腕を生かすとなれば、この三つくらいしかないのではあるまいか。

「直之進、どうした。なにをうなっている」

いきなり琢ノ介の声が耳に入ってきた。直之進は顔を向けた。

「うなっていたか」

「ああ、犬みたいだった。直之進、大丈夫か。よく眠れているか」

「ああ、もちろんだ」

「熱は」

「ない」

「それは重畳《ちょうじょう》」

琢ノ介が直之進を見やる。小さく首をひねった。

「直之進、なにかいいことがあったか」

「どうしてそう思うんだ」

「いや、ただそんな気がしたんだ。おぬしには今あたたかな気が満ちている。どうもそんな感じを受けたんだがな」

直之進はにこりとした。

「いいことがあったかもしれんぞ」

琢ノ介が目を大きくし、顔を近づける。

「なんだ、なにがあった。さっさと吐け」

「琢ノ介、その前に腹ごしらえをさせてもらおう」

直之進は米田屋を指さした。

「ああ、そうだな。腹が減っては戦はできん、というし。吐けといわれても吐くものもなくてはな。よし、直之進、行こう」

ああ、と直之進は答え、足を踏みだした。琢ノ介が顔をまわしてきた。

「直之進、山形屋の件の答えをまだきいておらぬが、どうなんだ。やるのか」

「やるさ」

直之進は簡潔にいった。

「直之進もついに金に目がくらんだか」

「一日二分などという条件を示されて、断る者がいるものか」

ふふ、と琢ノ介が笑う。

「確かにな」

「ところで、いま山形屋は大丈夫なのか。おぬしがおらず、心細くしているだろう」

「一応、家を守ることをもっぱらにする用心棒が二人いるし、日中、あの賊が家に押し入ってくることはないと踏んでいるのだが、直之進、どう思う」

「その二人の用心棒は腕利きか」

「まずまず遣えるな」

「それならば、とりあえず心配あるまい。しかし、早く戻ったほうがいいのは確かだな」

直之進は琢ノ介と連れ立って、米田屋に入った。

「湯瀬さま、よくいらしてくれました」

土間にいた光右衛門が、うれしげな声をかけてきた。光右衛門は上気している。

「おや、平川さまもご一緒でしたか」

「ああ、直之進に用事があったものでな」

「よからぬ用事ではないでしょうな」

「すばらしい用事よ」

おきくもすぐに顔を見せた。

「直之進さん、いらっしゃい。平川さまもようこそ」

おきくの顔はほんのりと桃色になっている。それがまぶしいくらいきれいに見えた。

琢ノ介がそんなおきくをまじまじと見ている。

「なんだ、これは。――よもや直之進」

琢ノ介がぎろりと目をまわし、直之進に真剣な視線を当ててきた。

「あれ、琢ノ介のおじさん、知らないの」

祥吉が意外そうにきいた。琢ノ介が祥吉に目を当てる。

「祥吉は知っているのか」

祥吉が胸を張る。

「当たり前だよ」

「ならば、教えてくれ」

いいよ、と祥吉がいって、琢ノ介に耳打ちした。

「やっぱりそうだったか」

琢ノ介が勢いよく振り向いて、直之進を見つめる。

「直之進、やったな。おめでとう」

どん、と直之進の胸を拳で叩く。

「わしはうれしいぞ。おぬしもようやく幸せをつかめる」

琢ノ介の目に涙がじわっと浮いた。

「よかった、よかった」

がしっと抱きついてきた。直之進の首筋に太い腕がかかる。

うっ。

直之進は苦しかったが、なにもいわずに我慢した。こうして喜んでくれる友がいるというのが、とてもありがたかった。

「わしはうれしい。うれしいぞ。直之進、よくやった。よいか、幸せになるんだぞ。わかったか、わかったな」

琢ノ介はついには、おいおいと泣きはじめた。直之進の着物が濡れはじめた。じんわりと生ぬるいが、これも琢ノ介の気持ちのあたたかさと考えれば、なんということもない。直之進は琢ノ介の背中をやさしくさすった。

琢ノ介は、泣けば泣くほど感情が高ぶってゆくたちのようで、この涙は当分とまりそうにない。

光右衛門やおきく、おれん、おあきに祥吉も、ほとんど号泣している琢ノ介を思いやりのこもった目で見つめている。

琢ノ介は、湯飲みの茶がすっかり冷めるくらいのあいだ、泣き続けた。そのせいで、直之進の着物の肩のあたりは、雨に打たれたようにぐっしょりとなった。

ようやく静かになった琢ノ介がすっかり赤くなった目をあげ、直之進を見つめた。

「直之進、こんなに喜ばしいことを、さっきはどうしていわなかったんだ。水くさいではないか」

直之進は微笑した。

「自分の口からはちといいにくかった。ここに来れば、こういうふうになるのは、わかっていたし」

「とにかくめでたい。直之進、幸せになるんだぞ。わかったな」

「ああ、ああ、よくわかった」

「おぬしが幸せになれば、おきくもきっと幸せになれるからな。よいな」

「ああ、よくわかった」

「素直ないい子だ」

琢ノ介がまた抱きついてきた。だが、すぐに離れた。

「泣いていたら、すっかり腹が空《す》いちまった。おきく、おれん、飯は」

「はい、もう支度はできています」

おれんがはきはきと答えた。

「ああ、お味噌汁が冷めてしまいましたから、あたため直しますね。少し待ってください」

さほど待つことなく、朝餉になった。

「おっ、ずいぶんと豪勢だな」

琢ノ介が、運ばれてきた膳を見て声をあげる。直之進も、すごいな、と声を漏らした。納豆に海苔《のり》、梅干しというのはいつもの献立だが、今日はそれに鯵《あじ》の干物がついている。玉子まであった。

味噌汁の具は豆腐にわかめというものだ。これは、味噌汁としては最高の組み合わせだと直之進は思っているが、そのことをおきくたちが覚えていたのだろう。

「なんと、こんなご馳走は久方ぶりにお目にかかるな」

台所の隣の部屋に、直之進たちは勢ぞろいしている。光右衛門一家に琢ノ介を合わせて、全部で七人のにぎやかさである。

「今日は奮発させていただきましたよ。いかがですか、湯瀬さま」

直之進はにこりとし、小さくうなずいた。

「まるでお大名になった気分だ」

横にはおきくがいる。直之進の給仕をかいがいしくするつもりでいるのだ。

「では、いただきましょう」

光右衛門が張り切った声をだす。細い目が生き生きしている。

直之進たちも、いただきますといって箸を取った。

鰺はほっこりと焼けて、いいにおいを発している。塩がほんのりときいており、身の味がよくわかる。ほかほかと湯気をあげている飯とすばらしく合った。

「いかがです」

おきくがきいてきた。

「こんなにうまい鰺を食べたのは初めてだ」

「沼里の鰺はもっとおいしいのではありませんか」

「いや、この鰺のほうがずっとうまい」

おきくがにこにことほほえむ。光右衛門やおれん、おあきもうれしげにしている。祥吉だけは、直之進のほうを見向きもせずに御飯をぱくぱくとほおばっている。

直之進は茶碗の飯を口に運ぼうとして、箸をとめた。

「――そうか」

おきくが顔をのぞきこんできた。

「どうかされましたか。鰺の骨が喉に刺さったとか」

直之進はおきくに目を転じた。

「夢を思いだしたんだ」

「夢でございますか」

「ああ、今朝は久しぶりに自然な目覚めだった。とても気持ちよかった。それは、寸前まで見ていた夢のおかげだとわかっていたが、どんな夢だったか、すっかり忘れていた。それがいま不意に思いだせたんだ」

「どんな夢でございますか」

直之進は指先で頬をかいた。

「少し照れるな」

「なにも照れることはあるまい。直之進、とっとと話せ」

琢ノ介だけでなく、ほかの者も箸をとめて直之進を見ている。祥吉もほっぺたに飯粒をくっつけたまま、直之進の顔をぽかんと見ている。

「夢のなかで、俺は寝床に横になっていた。そこにまな板を叩く音がし、さらに味噌汁のにおいも漂ってきた。ああ、おきくちゃんが朝餉の支度をしているんだな、と思った。まな板の音がやんだと思ったら、軽やかな足音がし、腰高障子があいた。笑みを浮かべたおきくちゃんがそこにいた。あなたさま、食事の支度ができました、といったんだ。俺はよしいま行くといって起きあがった」

おきくのほうが真っ赤な顔でうつむいている。

「夢のなかで、おきくはなにをつくっていたんだ」

直之進は琢ノ介に笑ってみせた。

「ご馳走だったな。やはり魚が出ていた。あれは鯵ではなく、鰯《いわし》の丸干しが三本だった。ほかにはあたたかなご飯にたくあん、梅干しだった」

「うまそうではないか。味はどうだった」

「うまかった。俺はあっという間にすべてを平らげ、幸せな気分に浸っていた。そして目覚めた」

琢ノ介が顔を左右に振った。同時にぷるんと豊かな頬も揺れた。

「そいつはよかったな。わしもそんな夢で目覚めたいものだ」

琢ノ介がちらりと目を動かした。ちょうど、おあきが祥吉の頬についた飯粒を取って、自分の口に運んだところだ。

琢ノ介のおあきを見る目は熱い。昨日、琢ノ介のことをかばっていたが、おあきも琢ノ介のことを憎からず思っているとしたら、二人はきっとうまくゆくにちがいない。

琢ノ介にも幸せがやってきてほしいな、と直之進は心の底から願った。

食事をすませると、光右衛門たちによくよく礼をいって、直之進は琢ノ介と連れ立って米田屋を出た。

おきくとおあき、おれんの三人が見送ってくれる。

おきくは直之進をじっと見ている。直之進にはもっとずっと一緒にいてほしいのだろうが、また次に会えるのを楽しみにしているという表情になっている。そのけなげさが、かわいらしい。

早く一緒に暮らしたいが、まだ祝言《しゅうげん》の日取りも決まっていない。祝言については、手前におまかせください、と光右衛門がいってくれている。

つややかな陽射しが明るく照らしている道をだいぶ歩いたところで、琢ノ介がそっと振り向いた。

「おっ、おきくのやつ、まだあそこにいるぞ。かわいいなあ。ほれ、直之進。手くらい振ってやれ」

直之進はその言葉に素直にしたがった。おきくがうれしそうに振り返してきた。

角を曲がり、おきくの姿が見えなくなった。いま別れたばかりなのに、もう会いたくなっている。駆け戻って抱き締めたい。

「仲がいいなあ。うらやましいぞ。ご馳走さまって感じだな」

直之進は、横を歩く琢ノ介に目を当てた。

「おぬしだって、おあきどのとよい雰囲気ではないか」

「なに」

琢ノ介がぐっと顔を近づけてきた。少し暑苦しい。

「おぬし、わしがおあきどのに心を寄せていると思っているのか」

「ちがうのか。前に、自分でそのようなことをいっていたぞ」

「そんな覚えはまるでないな」

「それでどうなんだ。俺はうまくゆくのではないかと思っている。おあきどのも満更《まんざら》ではないのではないか。祥吉はいわずもがなだな。おぬしによくなついている」

琢ノ介が前を向く。ぽつりといった。

「妻にできたらどんなにいいだろうと思う」

「できるさ。おのれを信じろ」

直之進は肩を叩いて励ました。琢ノ介が顔を輝かせる。

「そうだよな、できるよな」

「できるとも」

直之進、と呼びかけてきた。

「わしが今、どうしてまとまった金を欲しているか、わかるか」

「おあきどのたちと一緒になるためか。家を借りたり、いろいろと入り用だ」

琢ノ介が静かにかぶりを振る。

「確かにその通りだが、まだそこまでは考えておらん。わしは贈り物をしたいんだ」

「贈り物というと」

「晴れ着だ。あと二月《ふたつき》もたたぬうちに正月がくるというのに、あの二人はいつも同じようなものばかり着ているんだ」

いわれてみれば、そうかもしれない。

「あれは米田屋がけちだから、というのではないな。やはり着物は高いからな。そうそう手が出ぬのだろう。それで、わしは正月用の晴れ着を贈ろうと思っている。いいものは時間がかかるからな、早めにまとまった金を手に入れて、注文したいのだ」

「いいことだな。おぬしらしい」

直之進は世辞抜きでほめた。

「二人は躍りあがって喜ぼう」

日本橋の小舟町に着いた。直之進はこの町には初めて来たが、さすがに日本橋だけあって、にぎわっている。大波のような人出には、目をみはらされた。

こういう町で一日、買物をしたら、自分のような田舎者は目がまわってしまうのではあるまいか。

山形屋には裏口から入った。門には二人の用心棒がいた。そこそこ遣える程度の腕の持ち主でしかない。もし昨夜の賊が本気になったら、ここを破るのはそうむずかしいことではないように感じた。琢ノ介の留守中に襲ってこなかったのは、僥倖《ぎょうこう》といえるだろう。

琢ノ介はぼんやりしているように見えて、意外に目端《めはし》が利く。剣の腕はこの二人よりわずかに上といった程度だが、琢ノ介がこの屋敷内にいるときに襲ってきたとしても、賊は決して山形屋のあるじのもとまではたどりつけまい。この二人の用心棒の身になにかあったことを覚るやいなや、琢ノ介はあるじを安全な場所まで導くにちがいない。

直之進は、体を清めてくれそうな畳の香りがする座敷に通された。そこにはすでに山形屋のあるじの康之助が正座していた。

あるじのそばには番頭らしい男が控えているだけで、ほかに用心棒らしき者はいなかった。

直之進は琢ノ介にうながされて、康之助の正面に座った。横に琢ノ介が座り、直之進を康之助に紹介した。

「湯瀬さまにございますか。手前は康之助と申します。どうぞ、よろしくお願いいたします」

深々と頭を下げてきた。

「こちらこそ。この平川にいわれるままにここまでまいったが、それがしが用心棒をつとめるのに、ご主人に異存はないのかな。高給を得るためには、考試を受けねばならぬとこの平川からきいたが」

「考試など必要ございません」

康之助がきっぱりと告げる。

「手前、平川さまには昨夜、救っていただきました。もし平川さまがそばにいらっしゃらなかったら、今頃は手前の葬儀の真っ最中にございましょう。湯瀬さまは、その平川さまがとんでもない遣い手がいるから雇わぬか、とおっしゃったお方にございます。それだけのお方をお雇いするのに、考試などどうして必要でございましょう」

康之助が伸ばしていた背筋をわずかにゆるめた。軽く息をつき、にこやかに笑った。

「湯瀬さまに平川さま。お二人がそばにいてくだされば、まさに大船に乗った気分でございます。手前は、久方ぶりに枕を高くして眠れますよ」

さようか、と直之進はいった。

「ならば、このまま山形屋どのの警護に就かせていただこう」

「よろしくお願いいたします」

康之助が辞儀する。うしろに控える番頭らしい男もこうべを垂れた。

直之進は、二人が顔をあげるのを待って口をひらいた。

「ところで、昨夜を合わせ、これまでに四度襲われたときいた。番所に届けはだしてあるとのことだが、番所とは別に調べてもらってはいるのかな」

「はい。出入りの親分さんに調べてもらっています」

これは岡っ引かなにかだろう。

「しかし、まだ手がかりらしいものはつかんでいないようでございます」

「平川からきいたのだが、山形屋どのは土地や建物などの周旋をしているとのことだな。そちらで諍いやもめ事、ごたごたは起きておらぬのか」

「小さなものはありますが、それはいつものことにございます。命を狙われるようなごたごたなどは、ないと確信しております」

「そのあたりは、調べてないのでござろうか」

康之助がかぶりを振る。

「いえ、そのようなことはございません。調べてもらっています」

「出入りの親分さんに」

「はい、そういうことにございます」

「その親分さんは、建物などの周旋に詳しいのでござるか」

「ええ、詳しいでしょう。うちに長いこと、出入りして、その手の悶着《もんちゃく》も解決してもらったことがありますから」

つまり打つべき手は山形屋としても打っているというわけだ。しかし、四度も襲われてまだそれが誰かわからないというのは、やはりどこか調べが甘いのだろう。

自分がやればちがう結果が出るというほど、直之進は傲慢ではないが、ここは外に出て調べてみたい。

だが、そんな勝手をするわけにはいかない。来たばかりで康之助のそばを離れることはできない。

一人の男の顔が、頭に浮かんできた。あの男が康之助のそばにいてくれれば、直之進にはなにもいうことはない。安心して動きまわれるのだが、果たしてどうだろう。

今、なにをしているのか。千勢とお咲希《さき》と三人で仲よく暮らしているのだろうか。

二

自然に目があいた。

富士太郎は起きあがり、伸びをした。ずいぶんとすっきりとした目覚めである。気持ちがよい。満ち足りた気分だ。

庭にやってきている小鳥たちのさえずりも、耳に心地よく届く。

どうしてこんなにいい気持ちなのか。

直之進さんの夢でも見たのではないのかなあ。でも、ちがうかもしれないね。

今はもう富士太郎の気持ちは直之進から離れつつあった。いや、もう離れているといってよい。

おや、とつぶやいて富士太郎は耳を澄ませた。台所から、まな板を叩く小気味よい音がきこえてくる。

あれだね。あの智ちゃんの包丁がおいらに気持ちのよい目覚めをもたらしてくれたんだよ。

富士太郎は布団から起きあがった。布団をたたみ、隅に寄せる。搔巻《かいまき》を脱ぎ、着替えを済ませた。

尿意を感じた。小簞笥に、智代がたたんでおいてくれている手ぬぐいが何枚もある。その一枚を持ち、ついでに房楊枝も手にした。腰高障子をあけ、廊下に出た。

厠《かわや》は母屋の端に設けられている。戸をひらいて、富士太郎は盛大に小便をした。

手水鉢《ちょうずばち》で手を洗い、その足で庭の井戸に向かった。釣瓶を落として水を汲み、顔を洗った。房楊枝で歯も磨く。

「はあ、すっきりした」

「ああ、気持ちいいね」

房楊枝をきれいに洗ってから富士太郎は自分の部屋に戻った。房楊枝をしまい、忘れ物がないのを確かめた。

廊下をやってくる足音がした。それが静かにとまった。腰高障子に小柄な影が映る。

「富士太郎さん」

「うん、もう起きているよ。智ちゃん、朝餉ができたのかい」

「はい。いらしてください」

「うん、いま行くよ」

富士太郎は腰高障子を横に滑らせた。目の前に輝かんばかりの笑顔があった。

富士太郎は幸せな気分に包まれた。

富士太郎が廊下を歩きだすと、智代がついてくる。

「今日のおかずはなんだい」

「いつもと同じです。わかめのおひたしに納豆とお海苔、それに梅干しです。あとは豆腐のお味噌汁です。ねぎがたっぷりと入れてあります」

智代が少し恥ずかしそうにいった。

「うれしいなあ。智ちゃん、いつもありがとうね。ねぎがたっぷりの味噌汁は、おいらの好みだものね。それにね、智ちゃん。智ちゃんのおかげで、おいらはいつも気持ちよく目覚めさせてもらっているよ」

「えっ、どういうことですか」

「まな板の音だよ」

「疲れていらっしゃる富士太郎さんがうるさくないか、いつも気にしながらまな板は使っているんですけど」

「全然うるさくなんかないよ。あの音はとても気持ちよいものだからね。あの音が嫌いな男なんか、いないんじゃないかなあ」

「それだったら、とてもうれしいんですけど……」

「ああ、そうだ。母上はもう召しあがったのかい」

「はい、先ほどお部屋にお膳をお持ちしましたから」

富士太郎の母親の田津《たづ》は腰を痛め、今は智代の介護を受けている。

「智ちゃん、すまないけど、おいらのお膳の用意をしておいてくれるかい。すぐに行くからさ」

承知いたしましたという智代とわかれて、富士太郎は田津の部屋に向かった。

「母上」

廊下にひざまずいて声をかけた。

「ああ、富士太郎だね。あけてください」

機嫌のよさそうな声が返ってきた。富士太郎は腰高障子をすっと横に引いた。

布団の上に起きあがっている母親と目が合った。柔和に笑っている。かたわらに、すべて平らげたあとの膳が置いてある。

　厳しい母で、幼かった富士太郎は箒《ほうき》を振りかざした田津に何度も追いかけられた。それはそれはとても怖く思えたものだ。そんな母なのに、今日に限り、ずいぶんと小さく感じられた。

「お加減はいかがですか」

　富士太郎は膝行《しっこう》して近づき、田津にたずねた。顔色はとてもよく見える。頬もふくよかである。

「今日はずいぶんとよいのですよ。いえ、今日だけじゃありませんね。日に日によくなっていきます。腰の痛みがすうっと消えてゆくのですよ。ほんと、気持ちがいいわ」

「智ちゃんのおかげですね」

「ええ、まったくです」

　田津が深くうなずく。

「あの娘のやさしさ、かいがいしさには、本当に助けられています」

　田津の首筋に、白いほつれのようなものが見え、富士太郎の心はずきんと痛んだ。いつの間にか母親がひどく歳を取っているのに気づいた。

「どうかしましたか、富士太郎」

「ああ、いえ、なんでもありません」

「智代さんは本当によい娘です」

「はい、その通りです」

富士太郎ははっきりと答え、背筋を伸ばしてしゃきっとした。

「母上、全部召しあがったのですね」

「はい、もちろんですよ。智代さんのつくる食事はおいしすぎるくらいですから」

田津が少し身を乗りだしてきた。

「もう一度いうけれど、智代さん、いい娘よねえ」

「はい、すばらしい人です。得がたい女性だとそれがしは思います」

そう、と田津が小さな声でいった。

「あの、母上。智ちゃんは実家の一色屋《いっしきや》を出て、よそに嫁に行っても大丈夫なのですか。妹が一人いるのは、それがしも存じているのですが」

田津が不思議そうな顔になる。

「富士太郎、あなた、どうしてそんなこと、気にするの。あなた、確か、どこぞの男の人が好きだっていっていたじゃありませんか。それをきいて正直、私は卒倒しかけましたけれどね」

「すみません。母上にはご迷惑をおかけしました」

「あなた、ようやくその男の人から心が離れたのですね」

富士太郎はうなだれ、少し恥ずかしげに口にした。

「最近、そう思えるようになりました」

田津の表情が一瞬華やいだように見えた。

「そうだったの。でも、どうして」

「向こうに好きな女性がいるというのがまず第一の理由です。しかも、もうその二人の縁談はほぼ決まりかけています」

そうだったの、と田津が思いやりを感じさせる口調でいった。

「第二の理由は」

「それがしが女性のすばらしさに目覚めたからです」

富士太郎はつっかえることのないように一気にしゃべった。

「それは智代さんのことね」

「さようです。智ちゃんがうちに来てくれて以来、この屋敷は花が咲いたように明るくなりました」

田津がほほえむ。

「まったくその通りよねえ。こんなに屋敷のなかが華やかに変わるだなんて、私も思わなかったわ」

田津が膳の上の湯飲みを引き寄せ、傾ける。

「ふう、おいしい。智代さんがいれると、ぬるいお茶もおいしいのよね」

「それがしも同感です」

田津が、空《から》になった湯飲みをぎゅっと両手で握り締めた。

「富士太郎は、智代さんのことが大好きなのね」

うつむいた富士太郎の頬が朱に染まった。

「はい、智ちゃんなしでは、もう夜も日も明けません」

恥じらうような富士太郎の言葉に、田津がにこりとする。

「よかった。だったら、一色屋さんに縁談を申しこんでもかまわないわね」

「えっ、まことですか」

あまりに急な展開で、このくらいしか言葉が出てこない。この部屋には田津の見舞い、機嫌うかがいに来ただけだったのだが、まさかこんなふうになるとは、夢にも思っていなかった。

「いやなの、富士太郎」

「いえ、そんなことはありませんけど」

富士太郎は口ごもった。

「あの、母上。智ちゃんの気持ちをきかずともよいのですか」

「智代さんの気持ちは、もうわかっているわ。いつもあなたのことばかり話しているし、そのときの目の輝き方といったら、まるでどこかの役者でも見ているようですよ」

「はあ、さようですか」

「いま私は、智代さんはあなたのことが好きだっていったのよ。富士太郎、わかっている」

「はい、わかっています」

「うすうす気づいていたって顔ね」

「いえ、気づいていたと申すより、そうだったらいいなあと思っていただけです」

田津が表情をやわらげる。

「とにかく智代さんはあなたのことをとてもよく想ってくれています。あんないい娘に好かれていることに、富士太郎、感謝なさい」

「もちろんです」

「いい答えね」

田津が男のように腕組みをした。

「さて、これからちょっと忙しくなるわね」

田津が両手を突きあげて伸びをした。さて、といって一気に立ちあがった。

目の前で起きたことが信じられずに、富士太郎は目を丸くした。

「は、母上、もうそんなこともできるのですか」

「ええ、そうよ」

田津が富士太郎を見おろしていった。一度目を閉じて、すぐに開けた。顔にすまなげな色が浮いている。田津が一歩、二歩と近づいてきて、静かに腰をおろした。じっと富士太郎を見る。

「富士太郎、あのね、怒らないできいてほしいのだけど」

「はい、なんでしょう」

「私、あなたをだましていたの」

「だましていた、ですか。あの、どういうことでしょう」

「私、腰なんか痛くなかったの」

「えっ、まことですか」

「ええ、なんともなかったの。つまり今までのは仮病だったの」

「はあ、そうだったのですか」

自分でも間の抜けた声が出たと思った。

「しかし、母上、どうして仮病なんか使ったのですか」

田津がおかしいわねといいたげに首をひねる。

「あなた、きこえてくる風評では、若いに似ずなかなかの切れ者ということだけれど、それはただ持ちあげられているだけのことなのかしら。それとも、自分のことに気がまわらないだけかしら」

富士太郎はほとんど田津の言葉をきいていなかった。忙しく頭をめぐらせていた。すぐに答えは見つかった。

「もしや、母上。それがしに智ちゃんをめとらせようという策ですか」

田津が、ええ、とまじめな顔で首肯する。

「私ね、あなたから男の人が好きだってきいたとき、なんとかしなければと心に決めたの。男なんか好きになってはつまらない、女のよさをとにかくあなたにわかってもらわなきゃならないってね」

「それで智ちゃんを屋敷に入れたのですね」

「智代さんが、あなたのことを昔からずっと好きだってことも知っていたし、とても気立てのよい娘だし、これ以上の人はいないって思ったわ」

田津が座り直す。その動きからは、腰の痛みなど微塵《みじん》も感じられない。前はそんな動きをするだけで、いたたたと悲鳴をあげていた。あれは、本当に仮病だったのか。

「でも、智代さんを屋敷に入れただけじゃないのよ。策はもう一つあったの」

さすがに富士太郎は興味を惹かれた。

「なんでしょう」

「ききたい」

「もちろんです」

「歌舞伎役者の七《しち》右衛《え》門《もん》さん、知っているわね」

富士太郎のことが好きだと告げてきた男である。そのときは直之進一筋だった富士太郎はまるで相手にしなかった。

「ええ、もちろん知っていますよ。だってあの人はそれがしに……」

そこまでいって富士太郎は呆然として天井を見あげた。ゆっくりと視線をおろす。

「つまり、七右衛門さんも母上の仕込みだったということですか」

「ええ、私が芝居見物が好きなの、あなた、知っているでしょ。あの人、ずっと前からのなじみなのよ。役者と人の妻なんていうと、いろいろあるけれども、もちろん、私たちのあいだに勘繰られるようなことはないわよ。これは信じてちょうだいね」

「はい、信じます」

「あの人には、男が男に好かれたら、どういうふうに思うものか、せがれに知らしめたいからって無理に頼んだのよ」

そ、そうだったのか。富士太郎の体からはすっかり力が抜けている。

「七右衛門さんには一度、ちゃんとお礼をしなくちゃいけないわね。――あら、富士太郎、大丈夫なの」

「えっ、ええ、平気です」

「怒ってるの」

富士太郎はかぶりを振った。

「まさか。怒ってなどいませんよ」

田津が富士太郎をうかがうように見る。

「本当に」

「母上には感謝しています」

富士太郎は田津を安心させるために強い口調でいった。

「母上には、目を覚ましていただきました」

富士太郎は、今朝の気持ちよかった目覚めを思い起こした。あれは今日、こういうことが起きるからこそだったのではないか、と思えた。

「よかった」

田津は目に一杯の涙をためている。

「母上」

叫びざま富士太郎は抱きついた。涙があふれてとまらない。

「富士太郎」

田津はやわらかく受けとめてくれた。母の体は昔よりずっと小さくなっているが、あたたかさはまったく変わっていない。富士太郎はおびただしい涙を流しながら、こうしてよくしがみついて泣いた幼い頃のことをなつかしく思い起こしていた。

田津が背中をやさしくさすってくれる。

「あなたは気持ちがあたたかくて泣き虫だったものねえ。ほんと、よく泣いたわ」

幼い頃に返ったようで、富士太郎はしばらくその心地よさに包まれていた。ずっとこうしていたいと思った。

「富士太郎、そろそろ行きなさい。朝餉もまだなんでしょ。智代さんが待っているわ。早くしないと、遅刻するわよ」

富士太郎はゆっくりと母から離れた。

「では、食事をしてまいります」

「ええ、そうなさい」

富士太郎は部屋を出かけて、足をとめた。田津を振り返る。

「智ちゃんは、母上の仮病のこと、知っていたのですか」

田津が首を横に振る。

「いいえ、知らせていないわ。下手に知らせると、私の狙いがあなたにばれちゃうかもしれないもの」

田津が静かに息をついた。

「あの娘は、私の介護を本当によくしてくれた。富士太郎、智代さんは本物よ。よかったわね」

「はい」

富士太郎は廊下を歩き、いつも食事をしている部屋に入った。台所を見通せる部屋である。すでに膳の用意はしてあった。智代は台所にいて、味噌汁の火加減を見ていた。

富士太郎を見て、にっこりと笑う。

「ちょうどよかった。今あたため直したところです」

杓子《しゃくし》を使って椀に味噌汁を注ぎ入れる。それを大事そうに手にして、富士太郎のもとにやってきた。

「お待たせしました」

味噌汁の椀を膳の上にていねいに置く。ほのかに湯気をあげている。そんなに熱くはしておらず、いい香りがしていた。

「ありがとう」

「どういたしまして。――富士太郎さん、早く召しあがってください。遅刻してしまいますよ」

富士太郎は手を伸ばし、智代を引き寄せた。智代はびっくりして富士太郎を見たが、瞳に真剣なものを見たか、あらがうような真似はしなかった。

「智ちゃん、うちに来てくれて、本当にありがとう。おいらは智ちゃんが大好きだよ」

突然のことに身をかたくしていた智代が、すすり泣きはじめた。うれしい。そんなつぶやきが、やさしく富士太郎の耳に入りこんだ。

珠吉がいろいろな角度から、じろじろと見る。いつも二人が落ち合う町奉行所の大門の下である。

「旦那、なにかあったんですかい」

富士太郎は見返した。珠吉の顔色は今日もいい。つやつやとして、まるで若者みたいである。しわは深いが、六十の年寄りならこのくらい当たり前だろう。これだけ顔色がよければ、なんの心配もいらない。

「どうしてだい」

富士太郎は珠吉に問うた。

「いや、今日の旦那は、なにか晴れ晴れとした顔をしていますよ」

「おいらはいつも晴れ晴れとしてないかい。おいらの名は、日本一の富士山から取ったんだよ。富士山といえば、日本一の晴れ晴れしさだよ。ほら、見なよ、珠吉。今日も富士山がよく見えるよ」

珠吉がうしろを振り返る。

「いや、旦那、ここからじゃ富士のお山は見えませんよ」

「あれ、そうだったかね。おいらには見えるんだけどねえ」

「旦那、いったいなにをいってるんですかい。熱でもあるんじゃないんですかい」

珠吉が富士太郎の額に手を当てた。

「あれ、おかしいな。このくらいなら、いつもと変わらねえ」

「熱なんかないよ」

「しかし、今日の旦那は妙ですよ」

「実はね、珠吉」

富士太郎は声をひそめた。

「なんですかい、旦那。ずいぶんと思わせぶりですねえ」

富士太郎は珠吉の耳に言葉を吹きこんだ。

「なんですって」

しばらく珠吉が富士太郎の顔を見つめていた。大きく見ひらかれた目から、いきなりぽろりとしずくがこぼれ落ちた。それからしずくはぽろぽろと続けざまに出てきた。

「おめでとうございやす」

珠吉が泣きながらいった。

「うん、ありがとう」

「旦那、やりやしたね」

「うん、やったよ」

「でかしましたよ」

珠吉が、ぐいっと腕で涙をぬぐった。

「相手は智代さんですかい。男じゃないんですね」

「当たり前だよ」

富士太郎は口をとがらせていった。

「前からいっているように、おいらが好きだったのは直之進さんだったんだ。別に男が好きってわけじゃないんだからね」

「ああ、さいでしたね。失礼いたしやした」

珠吉がぺこりと頭を下げる。

「しかし旦那、大金星ですねえ。あっしはたまげましたよ。智代さんならこの上ありませんよ。あの娘はいい。それにしても、よく湯瀬さまから智代さんに思い切りましたねえ」

「思い切ったなんて大袈裟なものじゃないよ。屋敷でいつも一緒にいたら、なんかこう、いいなあって思うようになったのさ」

「情が移るってやつですかね」

「そうかもしれないけど、なんかちがうような気もするね」

富士太郎は珠吉を見つめた。

「いつまでも立ち話もなんだから、歩きながら話そうか」

富士太郎は大門の下を出た。斜めから陽射しが入りこんで、まぶしいくらいの往来を歩きだす。

「珠吉、実は今回の話には裏があるんだよ」

「裏ってなんですかい」

うしろから珠吉がきいてくる。富士太郎はさっと振り向いた。

「母上だよ」

「田津さまがなにか」

富士太郎はどういうことだったのか、すべてを語った。

これまで富士太郎とはくらべものにならないくらい場数を踏んできた珠吉も、さすがに唖然《あぜん》とした。

「田津さま、策士でいらっしゃいますねえ」

「まったくだよ。びっくりだろう」

「ええ、本当に。しかし、そこまでされたっていうのは、やはり旦那のことが心配だったんですねえ」

「そういうことだね。これも親心っていうんだろうね」

「親ってのは、子がいくつになっても心配は尽きないものですからねえ。七十歳のおっかさんが五十のせがれの鼻水をふいてやりながら、風邪を引いちゃあ駄目だよなんて、当たり前の顔でいいますからねえ」

「本当だよねえ」

相づちを打ちつつ、富士太郎は往来をずんずんと歩いた。このくらいの勢いで歩かないと、珠吉にはすぐに追い抜かれてしまう。

「旦那、今どこに向かっているんですかい」

「昨日の続きだよ」

「行方知れずの大工の棟梁ですね」

行方知れずの大工の棟梁は秀五郎といって、もう一月ばかり前に行方知れずになった。昨日は与力の荒俣土岐之助の依頼を受けたあと、秀五郎の家を訪ね、女房のおいさと母親のおかくに、まず話をきいた。土岐之助からあらかじめきかされていたとおり、この二人には秀五郎の失踪のわけに心当たりがまったくなかった。

そのあとは、秀五郎の下で働いていた大工たちに話をきいた。しかしここでも結果は同じだった。誰一人として棟梁の行方知れずに心当たりのある者はいなかった。棟梁は皆から慕われており、諍《いさか》い、いざこざの類もなかったそうだ。

友垣《ともがき》にも当たってみた。秀五郎には大勢、友垣がいた。それがみんな、秀五郎のことを心から心配しており、富士太郎はうらやましくなるほどだった。

しかし、大勢の友垣の誰一人として、秀五郎の失踪のわけを知る者はいなかった。なにかもめ事の類があったというような話をきいている者もいなかった。

話をきいた全員に共通しているのは、秀五郎が自ら姿を消すはずがないというものだった。

腕がよく、若くして大工の棟梁をつとめている秀五郎は子煩悩《こぼんのう》で、恋女房のことを一番大事にしていたとのことだ。秀五郎の暮らしは充実しており、思い悩むことなどまったくなかったと断言していいほどで、それなのにどうして自分から失踪しなければならないのか、と誰もがいうのである。

――あの人の身になにかあったに決まっているんです。

涙ながらに話す女房のおいさの悲痛な叫びが耳を打つ。

確かに、富士太郎もそうだとしか思えなくなっている。

だが、秀五郎の周辺にはいざこざや諍いはまったくなかった。大工だから荒っぽいもめ事もありそうだが、そういう話は一切きかなかった。秀五郎という男はとにかく温厚で、万が一喧嘩になったとしても腕っ節が強く、ほとんど負けることがなかったそうだ。どんな問題も話し合いで解決してきたという。

富士太郎は興味を抱いて調べてみたが、どう考えてもかどわかしなどにつながるようなものではなかった。

問題というのは、施主が建物の値段について文句をいってくることがあったり、頼んだ木材とはちがうものが材木問屋からきたり、建物を建てている土地の地盤に問題があって施主の注文通りにいかなくなったり、建てている最中に近くの火事の延焼で建物が焼けてしまった際の費用などだった。そのいずれも粘り強く折衝して、秀五郎はなんの後腐れもなく解決してきたのである。

富士太郎が見習いたくなるほど、辛抱強い男のようだ。

「それで旦那、これからどこに行こうとしているんですかい」

富士太郎は珠吉を振り返った。

「おや、いってなかったかい」

「ええ、きいてませんよ」

「そいつは失礼したね。秀五郎が姿を消したところだよ」

「ああ、料亭とのことでしたね。名は今橋《いまはし》でしたね」

「おいらは知らなかったけど、なかなかの名店らしいよ」

店は小石川《こいしかわ》の富坂新町《とみざかしんまち》にある。まわりは武家屋敷が多い土地である。

「あっしも知りませんでしたが、名のある料亭なのは確からしいですよ」

「特に魚料理が評判らしいね」

一月前、秀五郎は今橋に一人で行ったきり、帰ってこなかった。秀五郎が贔屓《ひいき》にしている材木問屋の招きだった。

富士太郎と珠吉は料亭今橋にやってきた。伝通院《でんづういん》の巨大な伽藍《がらん》の屋根が家々の屋根先に見えている。伝通院は神君家康の生母である於大《おだい》の方《かた》が葬られたことで知られる寺である。於大の方が葬られる前は寿経《じゅきょうじ》寺という名だったらしいが、於大の方の法名から伝通院といわれるようになったとのことだ。

まだ早いこともあって今橋はあいていなかったが、料理の仕込みはしていたようで、あるじや奉公人に会うことはできた。

さっそく秀五郎について話をきいたが、なにも知らなかった。秀五郎が行方知れずになっていること自体、知っている者がいなかった。嘘をついているように見える者もいない。本当に店の者は秀五郎のことを知らないのである。一月前、秀五郎は初めて今橋を訪れたようだ。

これでは話にならず、富士太郎と珠吉はすぐ今橋をあとにした。今橋で秀五郎を接待した材木問屋に足を向けた。

今橋から伝通院の前を通り抜け、小石川下富坂町という町に出た。材木問屋は樽山屋《たるやまや》といい、小石川大下水と呼ばれる流れの脇にあった。

この店の者はさすがに秀五郎の行方知れずは知っていたが、なにか手がかりにつながるような心当たりを持つ者はこれまでと同じように一人もいなかった。

ここでも空振りだった。これほどまでなにもつかめないのは珍しいことだ。ふつう、これだけ聞き込みをすれば、行方につながる手がかりの一つくらいは手に入るものだが、今回に限っては、なにも得ることができないのである。

富士太郎はため息をつきたくなった。しかし、そんなことをしても意味はない。いや、むしろ流れが悪くなる。いい流れを引き寄せる手立てはただ一つ、前を向くことだけである。

「旦那、次はどうしますかい」

遅い昼餉のために入った蕎麦屋で、富士太郎が薄い蕎麦湯をすすっていると、珠吉が静かにきいてきた。

「今のところ、なにも浮かばないんだよ」

「知恵の鏡も曇りましたかい」

「もともと知恵なんて、おいらにはないんだよ」

「そんなことはありませんよ。知恵があるからこそ、荒俣さまも秀五郎さんの探索を旦那に頼んだんじゃないんですかい」

「そうなのかな」

「旦那、気弱はいけませんぜ」

「ああ、そうだったね。運が逃げてゆくんだったね」

　富士太郎は笑顔をつくった。

「正直いえば、足を運んでもいいかなと思っているところが一つあるんだよ」

「どこですかい」

「行ったところで、ほとんど意味はなさそうなんだけどねぇ」

　あまりうまくなかった蕎麦屋を出た富士太郎は珠吉を連れて、白山前町《はくさんまえ》にやってきた。この町は白山権現社という神社がすぐそばにあることから、この名がついた。加賀国にある白山は霊峰として知られ、修験の山だった。白山信仰というのは全国に広がっており、それゆえ、この地にも神社が祀られているというわけである。

　白山前町の白山権現社につながる坂の下のほうにその家はあった。

　人捜し承《うけたまわ》ります、と太く墨書された看板が、小さな家の戸口に掲げられている。家に比して分不相応な大きさの看板といってよい。看板の下のほうに、仁志《にし》田屋《だや》と記されていた。

富士太郎たちは、仁志田屋のあるじに会うことはできた。仁志田屋自身、人捜しの腕はよさそうなのだが、もう捜索をあきらめているところがあった。秀五郎の家人からまとまった金を先払いしてもらっているが、これまでの捜索にかかった分だけもらい、あとは返すことに決めていると富士太郎たちにはっきりと告げた。

ここでも、なんの手がかりも得ることはできなかった。

さて、どうしようか。

仁志田屋を出た富士太郎は、油を商う大店の庇の下に入りこみ、思案した。だが、いい考えは浮かんでこない。秀五郎の家人のことを思うと、ここで捜索をあきらめるような真似はできない。与力の土岐之助は体面など気にするような人ではないが、それでも自分ががんばって秀五郎を見つけださないと、やはり面子《めんつ》が立たないだろう。

わかっているのは、料亭の今橋をあとにするまで、秀五郎の身にはなにごともなかったということだ。

むろん酒は入っていたが、飲みすぎたということはなく、へべれけになどなっていなかった。接待した材木問屋の者の話では、むしろ、ふだん以上にしゃきっとしていた。駕籠で帰るようにいったが、気持ちよいので歩いて帰ると秀五郎は答えたそうだ。材木問屋の者は今橋の店先で見送ったが、遠ざかってゆく提灯は風に吹かれてかすかに揺れるだけで、秀五郎の足取りはしっかりしていたという。

今橋を出た秀五郎のその後の消息が不明なのである。今橋からの帰路、秀五郎の身になにかがあった。それはもう疑いようのないことだ。

秀五郎の家は駒込元町である。今橋からなら四半刻ほどで帰れるだろう。

富士太郎と珠吉はいったんまた今橋に行き、そこから駒込元町まで歩いてみた。やたらに武家屋敷が立てこんでおり、静謐《せいひつ》さが漂う道を通ることがほとんどだったが、だからといって、なにか恐ろしいことが起きるとは思えなかった。

これで夜はまた雰囲気が異なるのだろうが、少なくとも昼間は、なにか起きそうな気配を覚えはしなかった。

ついでといってはなんだが、本来の仕事である市中見廻りもしておこうと、駒込元町の自身番にまわったとき、富士太郎はいきなり呼ばれた。

「樺山の旦那」

自身番に詰めている家主の一人が、外に出てきた。

「どうした、なにかあったのかい」

富士太郎は顔見知りの家主にたずねた。

「半刻ばかり前ですけど、御番所からお使いが見えまして、至急、下雑司ヶ谷町《しもぞうしがや》においでいただきたいとのことですよ。樺山の旦那の縄張をまわって、そのことを触れているみたいです」

「その使いは、なにがあったか、いっていたかい」

ええ、と家主は大きく顎を引いた。

「なんでも、殺しだそうですよ」

なんだって。富士太郎は眉根を寄せた。珠吉も厳しい顔をつくっている。

「誰が殺されたか、いっていたかい」

「いえ、それはきいておりません」

「そうかい、わかったよ。知らせてくれて、ありがとね」

富士太郎は珠吉をうながし、雑司ヶ谷に向けて走りはじめた。

厳密には下雑司ヶ谷町という町名はない。高田《たかだ》四家町《よつや》の一帯が、そういうふうに呼びならわされているだけである。

富士太郎と珠吉は高田四家町に入った。辻に立っていた町役人《ちょうやくにん》の一人が富士太郎を目ざとく認め、こちらでございます、と手招いた。

富士太郎たちはその町役人の案内で、道を急いだ。

「あの小屋の向こう側にございます」

町屋の並びはすぐに切れ、西側は畑になっている。さつまいもが一面に植えられ、葉を茂らせていた。百姓衆が道具でもしまいこんでいるらしい小屋が見えている。

まわりには大勢の野次馬がいた。小屋の向こう側にあるものを一目見ようと、押し合いへし合いしている。自身番の小者たちが、それを必死に押し戻していた。

富士太郎たちは野次馬のあいだを抜けて、小屋をまわりこみ、死骸があると思える場所に進んだ。

すでに検死医師はやってきており、検死をはじめていた。音羽《おとわ》町で診療所を開業している仁楽《じんらく》という医者である。

小屋の陰で薄暗いが、死骸は仁楽の助手の手で仰向けにされており、顔が見えていた。かなりの年寄りだ。珠吉より歳はいっているのではないか。

「あれ、源助《げんすけ》さんじゃないか」

珠吉がつぶやく。

「知り合いかい」

「ええ、日本橋のほうを縄張にしていた岡っ引の源助さんのように見えるんですが」

「まちがいないかい」

「ええ、まず」

「縄張にしていたっていったけど、それは、今はもうちがうって意味かい」

「ええ、さようですよ。今は隠居したはずですから。元岡っ引ですよ」

「あの、仏さんの身元がおわかりになるのですか」

富士太郎たちを案内してきた町役人がきいてきた。

「うん、どうやらそのようだよ」

「ああ、助かります」

町役人がほっと安堵の息をつく。その気持ちはよくわかる。もし死骸の身元がわからなければ、判明するまで町の自身番に置いておくしかないのである。

検死を終え、仁楽が立ちあがった。富士太郎は仁楽に近づき、ご苦労さまです、と声をかけた。仁楽が小さな笑みを浮かべ、頭を下げる。

「検死の結果を教えていただけますか」

はい、と仁楽がうなずく。

「匕首《あいくち》のような鋭利な刃物で、心の臓を一突きにされています。うしろからこんな感じですね」

仁楽が逆手《さかて》に持った匕首を、上から突きおろすような仕草をしてみせた。

「うまく肩胛骨《けんこうこつ》を避けて刺していますよ。凶器は一瞬で心の臓に達したでしょうね。この仏さんは――」

仁楽が、無念そうに目と口をあけている死骸に、憐れみのこもった視線をぶつけた。

「殺されたことすらも知らず、あの世に旅立ったのではないでしょうか。殺し方としては、相当鮮やかなものといってよいでしょう」

「殺しに慣れた者の仕業ですか」

「かもしれません。殺しを生業にしている者というのも考えられます。それほどすごいものです」

「殺し屋ですか」

元岡っ引なら、相当うらみを買っていただろう。自分では手を汚したくない者が、そういう者に殺しを依頼したとしても、なんらおかしくはない。

「殺されたのは、何刻頃ですか」

そうですね、といってむずかしい顔で仁楽が腕を組んだ。

「昨日の暮れ六つから深更の八つくらいのあいだではないかと思えるのですが。もう少ししぼれればよいのですが、手前にはこのくらいしかわかりません。申しわけなく思います」

「いえ、とんでもない。それだけわかれば十分ですよ」

ほかになにかきくことがあるだろうか、と富士太郎は思った。

「それ以外に、なにかお気づきになったことはありますか」

「ああ、そうでした。この仏さんですが、右手にこんなものを握り締めていましたよ」

富士太郎はさっそく見せてもらった。横から珠吉ものぞきこむ。

「これはずいぶんとちっちゃなものだね。般若《はんにゃ》かな」

そのようですね、と珠吉が同意する。

「こいつは根付《ねつけ》じゃないですか」

「ああ、そうだね」

「この根付、犯人のものでしょうか」

珠吉にきかれて、富士太郎はかぶりを振った。

「考えられなくもないけれど、おいらはちがうと思うね」

「どうしてですかい」

珠吉が問う。仁楽と助手も不思議そうにしている。

「さっきの仁楽さんのお言葉を思い返してみればわかるよ。仁楽さんは、こんなことをおっしゃったんだ。この仏はうしろから一突きにされ、死んだことも知らずにあの世に旅立ったって。そんな殺され方をした者が、相手の根付をむしり取るような真似はできないと思うよ」

「なるほど、その通りですねえ」

「仮にむしり取ったとしても、それを犯人が取り戻さずに行ってしまうというのは考えにくいね」

「殺したことに動転して気づかなかったというのも考えられますよ」

「殺しに慣れている者の仕業かもしれないんだよ。そんな者が動転するとは思えないよ」

「そうですよねえ」

感心したように珠吉がうなずく。

「だとしたら、この根付はなんなんですかね」

「そいつはまだわからないね。この根付になにか意味があるのは確かなんだろうけど、それは追い追いこれからだね」

富士太郎は根付をつまみあげ、しげしげと見た。

考えてみれば、この手の根付はよく見かける。

弱気になるのは、珠吉のいう通りよくないが、さすがにこの根付だけでは、犯人を特定するだけの手がかりになるとは思えない。せっかく死人の手のうちから取りだしてくれた仁楽の手前、そんなことは口が裂けてもいえなかった。

もっとも、すでに身元はわかっている。元岡っ引なら、うらみを抱いている者を当たってゆくのが最も近道だろう。案外すぐに犯人は挙げられるかもしれない。

これで仁楽には引き取ってもらった。仁楽が助手とともに歩きだす。

富士太郎は珠吉と一緒に見送った。野次馬たちの人垣の向こう側に、あっという間に二人の姿は消えていった。

富士太郎は珠吉に向き直った。まわりの野次馬たちにきこえないように、声を殺してたずねる。

「珠吉、この源助さんという元岡っ引は、日本橋に住んでいたのかい」

「ええ、そうだと思いますよ。越したという話もききませんし」

「それが、どうしてこんな田舎までやってきたのかな。遊山とも思えないねえ。格好は岡っ引そのものだものねえ」

紺木綿の法被《はっぴ》をはおり、水色の股引に尻っぱしょりをしている。

「珠吉、源助さんの住まいを知っているのかい」

「ええ、存じていますよ」

「なら、さっそく行こうか」

富士太郎は町役人に頼み、源助の遺骸を大八車にのせた。その上に筵《むしろ》がていねいにかけられる。

富士太郎は自身番づきの小者を三人借り、大八車を引いてもらうことにした。富士太郎の合図とともに大八車が軽々と動きだす。源助は小柄でやせている。小者たちはほとんど重みを感じていないようだ。

ここから日本橋まではけっこうな距離があるが、これならば、あっという間に着くだろう。

富士太郎は西の空を見た。早くも暮れはじめている。

風が音を立てて吹き寄せてきた。その冷たさには、冬近しを思わせるものがあった。

三

昨日の今日だというのに、たいした度胸というしかない。

直之進はうなるようにそんなことを思った。

「直之進、どうした。なにをぶつぶついっている」

山形屋康之助に続いて暖簾を払った琢ノ介が振り向いてきく。

「いや、たいしたものだと思ったまでさ」

直之進がいうと、琢ノ介がにっとした。こんな笑顔がつくれるなど、直之進が一緒にいることもあるのか、今夜はずいぶんと余裕があるようだ。

「山形屋のことだな」

琢ノ介がささやく。

ああ、と直之進はいった。

「昨夜襲われて、今日も寄合に出かけるなど、なんとも肝《きも》が太い」

「おぬしが来てくれたからだろう。もっとも、元気が出たのはわしのほうだがな」

直之進は、目で山形屋康之助を追った。広々とした清潔な上がり口で早くも得意先の者を見つけ、挨拶をかわし合っている。二人とも満面の笑みだ。康之助にはおびえの色など微塵もなく、ゆったりとした物腰を崩していない。康之助はその者たちのほかにも次々にやってきて、康之助に辞儀をしはじめた。康之助はその者たちにていねいに頭を下げている。

「琢ノ介、早く行ったほうがいい。山形屋から離れるな」

琢ノ介が視線を流し、康之助を見た。

「ああ、そうする。直之進、外のほうを頼むぞ。怪しい者がいたら、容赦なく叩き斬ってくれ」

「いきなりそんな真似はできぬ。まずはとらえる」

琢ノ介がにっと笑う。

「相変わらず冗談の通じぬ男だ」

「おぬしこそ、ちゃんと見極めるのを忘れるなよ」

「承知しておる」

上がり口で雪駄を脱いだ琢ノ介がすっと廊下を滑るように動き、黒光りしている階段をのぼりはじめた康之助のうしろにすぐさまついた。あのあたりの身のこなしは、さすがにいっとき町道場の師範代をつとめただけのことはある。

今夜の寄合は、康之助の取引先とのものである。すべて町人ばかりだ。康之助が口入れで大勢の奉公人を送りこんでいる大店の者もいれば、土地や家屋の取引で世話になっている者も少なくないようだ。

人数はおよそ三十人か。これまでに何度もこの寄合はひらかれているようで、出席している者は互いに顔見知りばかりである。和やかな雰囲気が漂っており、これからはじまるのは、寄合というより宴会といったほうがよいのではあるまいか。

直之進は『永谷屋《ながたにや》』と染め抜かれた暖簾を払って、外に出た。几帳面《きちょうめん》に真四角に切られた敷石が続いているが、それはほんの三間ばかりで終わっている。その先は道に面した門になっているのだ。直之進は、大きくひらかれた門をくぐり抜けた。

道に出ると、途端に強い風が吹き渡ってきた。直之進は身をすくめた。門の両脇につり下げられた二つの提灯が、ぶらりぶらりと大きく揺れて地面に光を散らした。

江戸の風は故郷にくらべたら、ずっと冷たい。沼里は冬になると急に風が強くなるが、まだ紅葉のこの時季にこんなに冷たい風が吹くことはない。

やはり江戸は寒い。冬になれば、沼里では滅多に目にしたことのない雪が何度も降る。

それでも、雪はなんとなく楽しみである。幼い頃、目覚めたときに降り積もった雪にびっくりし、その冷たさに驚いたものだったが、近所の仲間たちとすぐさま雪合戦に及んだことが思いだされた。

大きな笑い声が、いつもはひっそりと静かな武家屋敷町に響き渡ったものだ。ふだんは厳しい大人たちも黙認してくれた。あれは実に楽しかった。直之進はいつしか頬をゆるめていた。またやりたい。あの仲間たちは今なにをしているだろうか。

しかし、思い出に浸っている場合ではなかった。直之進は、あたりに鋭い視線を投げた。いま風はやんでいる。門脇の提灯はじっとして、あたりに淡い光を放っている。灯りが届いているところだけ、道はほんのりと浮いて見える。

門の提灯にも、永谷屋と大きな文字が入っている。なんでも、この料亭は茶漬けが絶品との話をきいた。季節ごとに旬の具をそろえ、客に食べさせるのだそうだ。どんな茶漬けなのか、直之進にも興味がないわけではないが、胃の腑に入れる機会がやってくるとは思えない。

西の空は、わずかばかり明るさを残していた。ちょうど暮れ六つといった頃合いだろうか。

そう思ったら、どこからか鐘の音がきこえてきた。三つの捨て鐘のあと六つ打たれた。鐘の響きは静かに夜空に吸いこまれていく。

目の前の道を行く人たちは、まだまだ少なくない。ときおり吹きすぎる冷たい風に追われるように、急ぎ足で直之進の視野から去ってゆき、すぐにまた別の人影があらわれる。いずれも提灯を手にしていた。

直之進がそこに立ち続けているうちに、西の空の明るさが暗さに溶けだし、じんわりと消えていった。夜が無数の腕を伸ばして、江戸の町を支配しはじめた。

これから夜が明けるまで、物の怪が跳梁《ちょうりょう》する闇がひたすら覆い尽くす。人は闇に押し潰されないように、提灯や行灯《あんどん》などのか細い手段で対抗する以外、すべはない。

南の空に半月が出ている。雲は東のほうに小さいものがわだかまっているだけだが、それも強い風に今にも追われ、闇のなかに身を隠しそうだ。

無数の星の瞬きが眺められる。星というのは、いったいいくつあるものなのか。桶に入れた光る砂を黒い幕にぶちまければ、ああいうふうになるのではないかという気もするが、人の力ではあのような光景は決してつくれるものではあるまい。

さっきが暮れ六つだったから、まだ五つにはほど遠い。用心棒の仕事は退屈との戦いでもある。なにかあったほうがいいとはいわないが、そのほうがときの流れはずっと速い。

頭上から、さんざめくような笑い声がきこえる。最初は静かなはじまりだった宴は遠慮がなくなり、いつしかにぎやかさを増していた。三味線《しゃみせん》の音と女の歌声が風に揺れて降ってくる。

座敷にいる三十人からの男たちは、酒も相当入っているのだろう。声がますます大きくなってゆく。まるで怒鳴り合っているかのようだ。酔うと、声が大きくなるのはどうしてなのか。

腹が鳴った。夕餉を食べていないのだから当然だ。

康之助には山形屋で食べてゆくようにいわれたが、直之進は固辞した。そのほうが、神経が張り詰めるからだ。満腹になると、どうしても眠気が出てくるし、同時に気のゆるみも出てくる感じがする。

直之進は建物を仰ぎ見た。大勢の影が、障子の向こう側に見えている。踊っている者もいるようで、影は近くなったり、遠ざかったりを繰り返している。なにがあったのか、ひときわ大きな笑い声が落ちてきた。

琢ノ介は、と直之進は思った。ちゃんとつとめを果たしているだろうか。今宵の宴会に参加している者で、康之助に意趣を抱いている目をした者がいないか、確かめるようにいってあるのだ。

琢ノ介は信頼できる男ではあるが、雰囲気に流されるところがときにある。いくらなんでも酒を勧められて飲むような真似はすまいが、評判の茶漬けくらいは食するかもしれない。

茶漬けくらいは別にかまわないが、頼んだことだけはしっかりとやってほしかった。

直之進は、ふうと息をついた。今は琢ノ介を信ずるしか道はない。

それから二刻ほどのときが流れたと思える頃、ようやく頭上から騒ぎが消えた。風の音と梢が揺れ動く以外、なんの音もしない。

信じられないような静寂が舞い戻ってきて、直之進は耳がきこえなくなったのではないかと錯覚しかけたほどだ。

考えてみれば、二刻半ばかりにわたって宴を続けられる活力というのはすごい。自分にはとても真似できることではない。

永谷屋から一人の奉公人が出ていった。使いをしたのは近くだったようで、すぐに戻ってきた。

暖簾を払って、次から次へと立派な身なりをした男たちが出てくる。それに合わせるように、門のところに駕籠がつけられた。

駕籠はざっと見たところ、十ばかり並んでいた。近くの駕籠屋にあらかじめ頼んでおいたものだろうが、それでもこの数では全然足りない。

門前に男たちがあふれだした。客を乗せた駕籠が威勢のよいかけ声とともにどんどん走りだしてゆく。駕籠と駕籠かきの姿は、闇のなかにあっけないほどあっさりと吸いこまれてゆく。

駕籠に乗ることなく、連れ立って帰る者も少なくなかった。この近くに住んでいるのなら、わざわざ駕籠で帰る必要もない。風が冷たすぎるが、酔っている身には逆に気持ちよいかもしれない。

当然のことながら、男たちを見送るために康之助も出てきている。琢ノ介がそばにぴたりとついていた。怪しい者はなんぴとたりとも近づけぬ、という気をぴりりと放っている。

あの気の張り詰め方ならば、なにも胃の腑には入れていないだろう。むろん酒も飲んでいない。

琢ノ介の場合、自制したというより、高給を無にしたくないという思いがより強く働いているのではないか。一日二分の賃銀を失うくらいなら、ここで空腹を我慢したほうがよほどいい。琢ノ介ならずとも、誰だってそう思うに決まっている。自分だってへまを犯し、高給をふいにしたくはないのだ。

門前にあふれていた人影はあっという間に数を減らし、そこにいるのは、永谷屋の女将《おかみ》に二人の奉公人、康之助に番頭の力造、そして直之進と琢ノ介だけになった。そこだけ空っぽになったかのような奇妙な空虚さがあたりに漂っている。

「よし、手前どもも引きあげましょうか」

疲れの色を見せることなく康之助がいった。

「山形屋さん、ありがとうございました」

脂粉《しふん》のにおいを強くさせている女将が深々と腰を折る。

康之助が穏やかな笑顔を見せる。

「うん、いつもと同じで、料理も酒も上出来だったよ。特に松茸の茶漬けは絶品だったなあ。皆さん、とても楽しんでくれたようだ。女将、また頼むよ」

「ありがとうございます。こちらこそよろしくお願いいたします。精一杯、尽くさせていただきますので」

「うん、ありがとう。こいつはわしの気持ちだよ」

康之助が女将に、きっちりと折り目のついた紙包みを手渡した。

「いつもありがとうございます」

女将の声が弾む。

駕籠が康之助の前に来た。康之助が女将と奉公人に別れの挨拶をしてから、駕籠に乗りこんだ。

「まいりますよ」

駕籠かきがいう。

「うん、行っておくれ」

康之助がいうと、駕籠がゆっくりと持ちあげられ、動きだした。えいほっえいほっのかけ声が響き、すぐに夜の隙間に吸いこまれてゆく。

琢ノ介が駕籠の横にぴたりと張りつく。直之進はうしろからついてゆく。

琢ノ介に、油断するなという必要はない。十分すぎるほど、気持ちを張っている。昨夜も今夜と同じくらい気を引き締めていたのだろう。だからこそ、遣い手の襲撃に応ずることができたのだ。

果たして今宵、あらわれるのか。永谷屋から山形屋まで、およそ十町ばかり。夜ならば、襲いやすい場所はいくらでもある。この機会を賊が逃《のが》すとは思えない。

来るなら来い、という思いが直之進のなかでは強い。一刻も早く、その遣い手の姿を目の当たりにしたくてならない。自分のことは辛抱強いたちだと思っているが、正直、待つのはそれほど好きではない。

どうせ、賊はいつかは姿を見せるのだ。それならば、早いほうがすっきりする。

その気持ちに応えたわけでもあるまいが、一瞬にして直之進は殺気に包みこまれた。山形屋まで、あと一町ばかりというところだった。

横から走り寄ってきたようだが、駕籠に近づかれるまで、直之進ですらほとんど気づかなかった。

気づいたときには、賊が駕籠に向かって刀を振りおろそうとしていた。

驚愕したが、直之進はすぐさま賊に向かって大きく踏みだした。同時に抜刀する。直之進自身、駕籠の斜めうしろにいたこともあって、賊までの距離はさほどなかった。刀は十分に届く。

直之進の刀が月明かりにきらめく。賊の刀はまったく見えないが、直之進は勘が命ずるままに自らの刀を振るった。

がきん、と音がして火花が闇に散った。一瞬の光芒で、覆面が直之進の視野に映りこんだ。例の賊でまちがいないだろう。これが五度目の襲撃か。人とは思えないほどしつこい。蛇の生まれ変わりではないのか。

刀の音に驚いて、琢ノ介がこちらを呆然と見ている。駕籠の脇にいながら、賊の気配すら感じなかったらしい。なにかあったのか、という顔つきをしていた。

「琢ノ介、走れっ、賊だ」

直之進は怒鳴りつけた。

「わかった」

すぐさま事態を解した琢ノ介が駕籠かきを叱咤する。

「走れっ、とっとと走るんだ」

へい、と先棒と後棒の二人が声をそろえた。駕籠がこれまでとはくらべものにならないほど速く走りだした。

賊が駕籠を追いかけようとする。そうはさせじと直之進は追いすがった。

その気配を感じたか、賊が直之進に目を転じたのが知れた。すばやく直之進に向き直る。殺気が満ちた。賊はどうやら、直之進を倒すつもりになったようだ。この手練《てだれ》の用心棒を倒さぬ限り、山形屋康之助は殺《や》れないといったところか。

直之進は刀を正眼に構えて、賊の顔を見つめた。夜目《よめ》が利くから、覆面からのぞいている二つの瞳は薄ぼんやりだが、見ることはできる。

まさか自分の刀を打ち返されるとは思っていなかったといいたげな瞳《め》をしている。この賊にとって、それだけ必殺の斬撃だったということか。なにしろ、空《くう》を切る音すらしなかったのである。

賊がすっと二歩ばかり後ろに下がった。直之進はつけこもうと少し追い、上段から刀を振りおろした。

もはや容赦をする気はない。ここは斬る気でいる。斬らずにいたら、この賊はなにをしでかすかわかったものではない。そんな凄みを全身にたたえている。

なにしろ、自分の目の前を横切られたのに、まったく気づかなかったなどというのは、直之進にとって初めてのことなのだ。屈辱といっていい。

間合に入れて、存分に振りおろしたが、刀は空を切った。直之進は賊の姿を見失った。と思ったら、すでに賊は懐に入ろうとしていた。

またもや斬撃は見えなかったが、刀が横に払われたのを感じた。直之進は自分の刀を引き戻し、柄で賊の刃を受けた。がつ、と鈍い音がし、衝撃が腕を襲った。

刀を取り落としはしなかったが、直之進は体勢が少し崩れた。いったん直之進の懐を離れた賊がその隙を見逃さず、斬りこんできた。

またもや刀は見えない。上段からのように見えたが、これは罠ではないか。そんな直感が働き、直之進は胴を守ろうとした。

案の定、斬撃は上段から変化し、直之進の胴を狙っていた。直之進は力をこめて賊の刀をはね返した。

賊がまた直之進から離れた。直之進は追った。賊が右にまわる。直之進は逆胴を見舞った。

それを待っていたかのように、賊が飛翔した。直之進の刀を楽々と越え、一気に直之進の頭上まで到達した。

賊の左手が小さく動いた。

なにかを飛ばした。

クナイか。

闇のなか一直線に飛んでくる凶器を、直之進は刀で弾き飛ばすしかなかった。

空中にいる賊は、がら空《あ》きになった直之進の頭を叩き潰すために、右手一本での斬撃を繰りだしてきた。

その斬撃をまともに浴びていたら、賊の目論見通り、直之進の頭は石榴《ざくろ》のように割れていただろう。

だが、直之進は左手一本でクナイを弾き飛ばしていた。賊の動きを予測し、右手はすでに脇差を抜いていた。直之進は賊の斬撃をかいくぐり、脇差を賊に向けて伸ばし、思い切り振った。

この反撃を予期していなかった賊はさすがに驚いたようだが、ぎりぎりで体をひねってみせた。直之進の脇差は賊の体に届かなかった。またもや空を切ったのだ。

賊が着地した。直之進はすかさず脇差を投げつけた。

賊が体をひらいてよける。そのときには直之進は突進していた。間合に入るや、袈裟斬りを浴びせていった。

賊は後方に飛びながら、またもクナイを投げてきた。直之進は身をひねってかわした。

賊は走りはじめた。闇に向かってその姿が薄れようとしている。康之助が乗る駕籠とは反対の方角である。

直之進に追う気はなかった。追ったところで追いつけまい。それよりも、駕籠のほうが気になる。逃げたと見せかけ、まわりこんで襲うというのも考えられないではない。

直之進は康之助が乗った駕籠を追って駆けだした。大気の冷たさが心地よい。たっぷりと汗をかいている。息が少し苦しい。このところ少し稽古を怠け気味だったか。いや、そんなことはない。それだけ今の賊に力を使わせられたのだ。すごい遣い手だった。直之進は心中でうなるしかない。

あれは、と駆けつつ思った。紛れもなく闇討ちの剣だ。なんといっても、刀身に月が反射していなかった。

あの剣は、むしろ手がかりになるはずだ。調べるのには、さほどときを要さないかもしれない。

こちらから攻めないといけない。このままでは必ず六度目があるだろう。襲撃を防ぎきれればいいが、こちらも不眠ではいられない。そのときを狙われたらどうにもならない。

あの賊の居場所を一刻も早く調べなければならない。しかし、琢ノ介一人に山形屋をまかせるわけにはいかない。いま、直之進がそばを離れたら、それこそ山形屋康之助は命を失うだろう。

やはりあの男しかいない。

すぐに手を打たなかったことを、直之進は少し後悔した。

よし、明日、訪ねることにしよう。

決して後まわしにせぬとの決意を胸に抱いた。賊に投げつけた脇差を探しだし、腰の鞘《さや》におさめてから、直之進は山形屋に向かった。

駕籠が店の前に置いてあり、琢ノ介がそばに立っていた。駕籠かきが力造から代金をもらっている。

「あるじは」

直之進が声をかけると、琢ノ介がほっとした顔をした。

「おう、直之進、無事だったか」

「当たり前だ。やられてたまるか」

おきくとの婚姻が決まった直後だ。死んでも死にきれない。

「それであるじは」

「おぬしのおかげだ。傷一つ負っておらぬ」

「それは重畳《ちょうじょう》」

さすがに安堵の息が漏れる。

「直之進、びっくりしたか」

琢ノ介がきいてきた。

「ああ、驚いた」

直之進は顔に流れる汗を手の甲でぬぐった。

「あんなのは初めてだ」

過分にもらったらしい駕籠かきたちが空の駕籠を軽々と持ちあげ、ありがとうございやした、といって闇のなかを引きあげてゆく。相当怖い思いをしただろうに、なかなかたくましいものだ。それとも、江戸の駕籠かきは怖い思いに慣れているのだろうか。

力造が盛んに直之進に礼をいってくる。

「これが仕事だ」

直之進は笑顔で力造に告げた。

「さあ、直之進、入ろう」

ああ、と直之進は琢ノ介に答え、奥からもれる灯りに浮かんだ土間を見つめた。それから暗闇に鋭い視線を投げ、例の賊が舞い戻ってきていないことを確かめる。

静かに足を踏みだし、くぐり戸にそっと身を沈めた。

# 第三章

## 一

うなるしかなかった。

西村京之助は暗闇のなか、凝然《ぎょうぜん》として座りこみ、身動き一つしない。

それだけ衝撃を受けていた。

まさかあの男があれほどの腕だったとは。

それが見抜けなかった。

動揺が激しい。

心がぐらついている。

この程度の眼力で道場主をやっていたとは、まさにお笑いぐさでしかない。有望な門人が育たなかったのも無理はない。

うちの道場に、すばらしい門人が入門してこなかったのではない。なにも見えていなかった道場主が、素質ある門人たちの未来を次から次へと潰し続けていたにすぎない。

まったくなんということなのか。

京之助は目をあけた。ずっと閉じていたせいで、どこからかわずかに入りこんでくる光も、まぶしく感じられる。

すっかり暗がりに目が慣れ、二間ばかり先の崩れた壁にとまっている蠅もはっきりと見えている。

膳がそばに置いてある。その上に爪楊枝《つまようじ》があった。京之助はそれをつまみ、音も立てず指で弾き飛ばした。

宙を飛んだ爪楊枝はあやまたず、蠅に命中した。蠅は爪楊枝に磔《はりつけ》にされ、身動きできないまま死んだ。

音を立てず、というのがこの技では肝心だ。音がしては気づかれる。自分はこんな技も自在にできる。

しかし、山形屋康之助を討つことはできなかった。こんな技など、凄腕の用心棒を前にしては、なんの役にも立たないということだ。

今夜の襲撃の際、駕籠のうしろについていた若い用心棒が、相当の腕であるのはわかっていたのだ。

四度《よたび》、襲撃を受けて四人の用心棒が倒されてなお山形屋の警護をつとめるというのだから、剣の腕にかなりの自信、自負がない限り、そんなことはできない。しかし、やはりどこか甘く見ていたのは否めない。このわしにかなうはずがない、と思っていたのだ。

懲《こ》りもせずに出かけた山形屋が、宴会が終わって永谷屋から出てきたのを見て、京之助はひそかに後ろをつけていった。山形屋が面している大通りに駕籠が入ったのを見届けるや、大通りと並行している隣の道を音もなく走り抜けて、暗がりにうずくまり、駕籠を待ち伏せした。すでに刀は抜き、肩の上に置いていた。

やがて、駕籠かきのかけ声とともに山形屋の乗る駕籠が近づいてきた。二人の用心棒はあたりに気を配ってはいたが、京之助の気配に気づいた様子はなかった。

駕籠が目の前にやってきたのを見て、京之助は肩から刀をおろし、するすると駕籠に近寄った。

案の定、駕籠の横についている用心棒も、うしろにいた若い用心棒も、京之助が音もなく忍び寄ったことに気づかなかった。

うしろの用心棒が気づいたときには、すでに駕籠に向かって刀を振りおろしていた。これで終わった、と京之助は思ったものだ。

しかし信じられないことに、山形屋に刃が届く前に、刀が力なく上にあがってしまったのである。

なにが起きたのか、京之助にはさっぱりわからなかった。まさか、駕籠のうしろにいた用心棒が刀を伸ばしていたなど、考えもしなかった。

山形屋に向かって刀を振りおろしたとき、京之助がそこにいることにようやく気づいたばかりの用心棒が、ぎりぎりとはいえ、京之助の刀を弾きあげることができるなどと、いったい誰が考えよう。

あの用心棒は、信じられないほどの素早さを身につけていることになる。化け物の類ではないか。

ときおり、そんな化け物がいることは知っている。どうやらそんな男が山形屋の用心棒についてしまったようだ。

これまでの四度の襲撃は正直、遊びだった。山形屋の雇った用心棒を次から次へと使い物にならなくして、店の信用が落ちるのを楽しんでいたのだ。いずれ山形屋から用心棒を雇おうとする者など、一人もいなくなるだろうと踏んで。山形屋の用心棒をつとめた浪人たちも、二度と用心棒などやる気が起きないようにしてやったのだ。用心棒稼業がいかに厳しいものか、思い知ったにちがいない。

もっとも、あの店は口入れ稼業よりも土地や建物の周旋のほうで儲けているから、用心棒を入れる口がなくなったとしても、さしたる影響はないかもしれない。

そのことは、どうでもよい。

誤算は、今宵こそあの男をあの世に送りこむ日だと決めていたのに、それがかなわなかったことである。

こんなことなら、昨日、やつを殺《や》っておけばよかったか。昨日までならば、たいした腕の用心棒はいなかった。新しく入ってきたらしい体のでっぷりとした男も、目端はききそうだが、腕はたいしたことはなかった。

昨日、屋根の上にひそみ、庇に移って山形屋を襲撃した。大男の用心棒を倒すのは、思っていたとおり、たやすかった。大男は懐がとにかく甘いのである。店に逃げこんだ山形屋を殺すことはむずかしいことではなかった。あえてそれをしなかったのは、もっと楽しみたい、もっとやつをおびえさせたいという気持ちがあったからだ。いま考えれば、しくじり以外のなにものでもない。

やれるときにやっておく。その鉄則を守らなかったから、今宵のようなことになるのだ。

それにしても、あの男はいったい何者なのか。山形屋は、どこであんなすごい遣い手を見つけてきたのか。

あれだけの腕の用心棒を命日になるその日に見つけてくるなど、山形屋には運があるということか。運がある男を討つのはむずかしい。

いや、弱気になる必要などどこにもない。つまりはあの用心棒を排せばよいのだ。裏を返せば、あの用心棒を倒さない限り、山形屋を討つことなど、夢のまた夢でしかないということだ。

あのすごい用心棒も、人である以上、いつかは寝ずにはいられないだろうから、じっと辛抱して待ち続ければ、そのうち山形屋を殺す機会がめぐってくるかもしれない。

しかし、そんなには待てない。待つ気もない。こうなってくると、一刻も早く山形屋の息の根をとめたくなるのが人情というものではないか。

さて、どうするか。どうすればあの用心棒を倒せるか。

京之助は目を閉じ、考えはじめた。

暗闇のなかに、一人の男の顔が脳裏に浮かんできた。

金吉である。左の頬にやや目立つほくろがある。

金吉なら、あの男を倒すためにどんな策を練るだろうか。

金吉は無言だ。黙りこくって、こちらをじっと見ている。

教えてくれ、金吉。

だが、金吉はなにも語ってくれない。もっと一所懸命に考えるようにと、いいたげな顔つきをしている。

もっと考えればよいのか。だが、これまでの策だって、金吉が考えだしたものを踏襲しているにすぎない。自分は金吉に操られているのか。

しかし、金吉はとうに死んでいる。火事で焼け死んだのだ。

酒をかっ食らって煙草を吸い、そのまま寝てしまったようなのだ。それで火事になり、真っ黒な死骸と化して金吉は焼死した。

あの火事のせいで妻と子も……。

だが、京之助には金吉をうらむつもりなどさらさらない。金吉も山形屋に殺されたようなものだ。

　山形屋に解雇されたといっていた。ただ一度、金吉が口入れした男の年季のことで取引先ともめ事になったことがあったそうだ。たったそれだけのことで、金吉は馘《くび》にされたのである。

　それで、京之助の隣の家に転がりこんできたのである。隣家は古くてかび臭くて、ずっと空き家だったが、金吉に家主が貸したのだそうだ。家主はずいぶんと格安で貸したらしい。

　けちで有名な家主だったが、どうして破格の値で貸したりしたのか。金吉に弱みでも握られていたのか。まさかそういうことではあるまい。

　金吉とはすぐに仲よくなった。とにかく人なつこかったのである。越してきたその日に道場に顔をだし、まるで門人のような顔をして壁際に座りこんで稽古を見つめていた。新しい門人かと勘ちがいして、京之助は稽古をつけようとまでしたのだ。

　その夜、金吉が酒を持って訪ねてきた。酒は飲まぬからと京之助が固辞したら、金吉も一滴たりとも口にしなかった。そのことに、義理堅さを感じたものだ。

それから互いの行き来がはじまり、京之助は自分がどういうふうにこの道場にたどりつき、師範にまでなったかを語ることになった。その際、酒でしくじりを犯し、山形屋の口入れで派遣されていた用心棒を馘になったことを告げたのである。

山形屋の名が出たとき、金吉はひどく驚いたものだ。自分は山形屋に奉公していて馘になったといったのである。

二人して山形屋に因縁《いんねん》があったことに、京之助は驚愕を隠せなかった。だからといって、山形屋にうらみを晴らそうなどという気はなかった。

馘にされたうらみがなかったといえば嘘になるが、あれは自分が酒を飲んで用心棒をつとめ、依頼主が危うく殺されかけたがゆえの当然の仕儀だった。京之助の自業自得でしかなかった。うらみを持つことなど、まさに的外れだった。

それがうらみに変わったのは、金吉が酒に溺れ、火事をだしたときである。金吉が山形屋を馘にさえならなければ金吉が酒に溺れることもなく、それまで吸ったこともなかった煙草を吸うこともなく、火事をだすこともなかったのだ。そして、妻と子があんな無残な姿になることもなかったのだ。

これが逆うらみであることは、重々承知の上だ。わかりすぎるほどわかっている。しかし、今の世の中、逆うらみであふれているではないか。

逆うらみで山形屋を亡き者にしてもかまわないのではないか。それで妻子や金吉が成仏《じょうぶつ》できれば、よいではないか。

金吉は深いうらみを山形屋に抱いていた。自分に京之助さんほどの腕があれば、こうやって復讐するのに、と常々口にしていたものである。

いま京之助はそれを忠実に行っているにすぎない。

まさかあんな凄腕の用心棒があらわれるとは、金吉も想定していなかったようではあるが、ここは金吉のためにもなんとかしなければならない。

そうだ、と京之助は思った。あの遣い手の用心棒のことを、まず調べるべきだ。

敵を知るのは、勝利への近道である。そうすることで、あの用心棒の弱点が見つかるかもしれない。

きっとそうにちがいない。いくらあの男が信じられないほどの凄腕でも、人である以上、弱みはあるはずだ。

それを握れば、必ず勝ち目が出てくるにちがいない。

二

首が上下にこくりこくりと動いている。

それを直之進はしっかりと感じている。だが、今はこうしていても大丈夫だ。妙な気配はどこにもない。

いま何刻かも、だいたいわかっている。朝がきて、まだ間もないはずだ。明け六つを四半刻ばかりすぎた頃合いだろう。

背中を壁に預け、直之進はあぐらをかいている。刀は胸に抱いている。目を閉じてうつむいていると、やはり楽だ。目を開けていると、いろいろなものが入ってきて、神経をひどく疲れさせる。

あるじの山形屋康之助は、いま奉公人たちと朝餉の最中だ。朝餉の席は、ここからほんの五間ばかりである。なにかあればすぐに駆けつけられる。

むろん、油断は禁物だから、琢ノ介が康之助のそばについている。奉公人と一緒に、がつがつむさぼり食っているのだろう。

琢ノ介の食事が終われば自分の番だが、ここではどんなものを食べさせてくれるのだろう。米田屋とちがい、たいしたものは出ないのではないか。

昨夜は結局、なにも腹に入れずじまいだった。だからといって、それほど腹は空いていない。

逆に、たっぷりと夕餉をとったときのほうが、朝の空腹がひどかったりするから、体というのは不思議なものである。

廊下を渡ってくる音がした。どすどすと遠慮がまったく感じられない歩き方だ。足音が目の前の腰高障子の前でとまった。太い影が映りこんでいる。

「琢ノ介、朝餉は終わったのか」

「ああ、終わった」

腰高障子があく。琢ノ介のまん丸の顔がのぞいている。

「うまかったか」

「まずまずだ。思ったほどまずくはなかったぞ」

「おぬしはなんでもうまいからな。当てにはならぬ」

「朝っぱらから口が減らぬやつだ。腹は減っているはずなのに」

「なかなかうまいことをいう。——どれ」

俺も腹ごしらえをしてくるか、といって直之進は立ちあがった。

「ちょっと待て。その暇はないぞ」

直之進は琢ノ介を見つめた。

「なにかあるのか」

「山形屋が出かける」

「こんな早くからか。どこへ」

「葬式だそうだ」

「誰の葬式だ」

「なんでも、源助とかいう年寄りの葬式だそうだ。昨日、雑司ヶ谷のほうで殺されたらしい」

直之進は眉をひそめた。雑司ヶ谷といえば、千勢が暮らす音羽町はすぐそばだ。

まさか佐之助が関係しているのではあるまいな、と思ったが、あの男は今はもう将軍直々にこれまでの罪をすべて許されて、天下の往来を堂々と歩けるようになっている。今さら人殺しをすることは、まずあるまい。考えすぎだ。

どうも人が殺されたときくと、佐之助と結びつける癖ができてしまっている。

「殺されたってどうして」

琢ノ介が首をひねる。

「さあ、そいつは知らぬ」

「源助というのは、山形屋と知り合いなのか」

「ああ、古い知り合いらしいぞ」

「山形屋の同業者か」

「いや、元岡っ引らしい」

「ほう、元岡っ引か。住みかは、この近くなのか」

「ああ、近いらしいな。奉公人がここからすぐだといっていたから」

「日本橋の住人が、雑司ヶ谷で殺されていたのか。なぜかな」

「そんなのは、わしたちにはわからんさ。まさかまた首を突っこむ気でいるんじゃなかろうな」

「山形屋の用心棒の身で、そいつは無理だな。体が二ついる。しかし、雑司ヶ谷といえば、富士太郎さんの縄張ではないのか」

琢ノ介が一瞬、考えた。

「いわれてみれば、確かに樺太郎の縄張だな。その源助という男の一件は、本当に樺太郎と珠吉が探索に当たっているかもしれんな。もしかしたら、葬儀にも来るかもしれんぞ。――とにかく直之進、おぬしの朝餉はお預けだからな」

「そうか。まあ、仕方なかろう」

「おや、文句はないのか」

琢ノ介が不審そうにきく。

「うむ、あまり腹が減っておらぬからな」

「なんだと」

琢ノ介が目を丸くする。これには直之進のほうがびっくりした。

「なんだ、どうしてそんなに驚く」

「これが驚かずにいられるか」

琢ノ介が大声をだした。

「朝、腹を減らしていない者がこの世にいるなんて、信じられぬ」

「そんな大袈裟なものではあるまい。朝は、あまり食べられぬ者のほうが多いだろう」

「そんなことがあるものか。朝餉を食べぬと、力が出ぬではないか。下手すると、死ぬぞ」

「それこそ本当に大袈裟だろう」

「大袈裟なんかであるはずがない。朝餉は大事なものだぞ。朝餉を食べたかどうかで、その日一日が決まるといっても過言ではない」

直之進は微笑した。力んでいう琢ノ介が、なんとなくほほえましかった。

「おぬし、どこぞの医者の回し者か」

「なにをいう。とにかく朝餉は大事なんだ。わしの体には、そのことがしみついておるのだ」

「そうか。琢ノ介がそれだけいうのなら、朝餉はこの上なく大事なんだろう。だが、今日は仕方あるまい。本当に俺に食べる時間はないんだろう」

琢ノ介がむっつりと無言になる。

「琢ノ介、どうしてそんな顔をする」

「仕方がないな」

琢ノ介がつらそうにいって、懐に手を突っこんだ。引きだした手には、竹皮包みが握られていた。

「握り飯だ。ほら、食え」

「どうしてこんなものを持っているんだ」

「簡単なことさ。さっき台所の女中に頼みこんでつくってもらったんだ。葬儀の最中、わしたちはなかにはまず入れんだろう。そのときのためだ」

「相変わらず手まわしがよいな。しかし、本当にもらってよいのか」

「ああ、かまわぬよ。ほかならぬ直之進のためだ」

すまぬ、といって直之進は竹皮包みを受け取った。ずしりとしている。大きな握り飯が五つは入っている。琢ノ介はこれを全部、一人で食べようと思っていたのだろうか。太るはずだ。

「ところで、食べる時間はあるのか」

「握り飯ぐらいなら平気だろう。さっさと食っちまえ」

「ならば、お言葉に甘えさせてもらう」

竹皮包みをひらき、直之進は大きな握り飯にかぶりついた。琢ノ介が食いつきそうな目で見ている。

「全部は食べぬゆえ、安心しろ」

「まことか」

琢ノ介は疑り深い顔をしている。

「ああ。こんなには食えぬ」

「なんだ、意外に食が細いんだな」

そういいながらも、琢ノ介はほっとした笑みをたっぷりとした頬に刻んでいる。

「おぬしが食べすぎなんだ」

直之進は二つの握り飯を食して、終わりにした。残りを竹皮に包み直して、琢ノ介に手渡す。軽くなってしまった竹皮包みを手のひらにのせ、琢ノ介は少しだけ残念そうにしていた。

源助という男の葬儀は、山形屋と同じ日本橋小舟町の一軒家で行われていた。すでに読経《どきょう》の声が外に流れだしている。線香の濃いにおいが漂い、鼻孔を打つ。

直之進は家の外で警護をし、琢ノ介は結局、山形屋康之助にくっついて、源助の家のなかに入ることになった。

外から見る限り、源助の家はそんなに広くはない。平屋で、台所以外にせいぜい四畳半が二部屋あるくらいではなかろうか。表長屋でもこの家より広いのはいくらでもある。

一目見て、近所の女房衆とわかる者たち以外、女っ気がまったくないことから、源助は一人暮らしだったようだ。

直之進ははす向かいに位置する路地に身を入れて、源助の家を見つめている。

今のところ、怪しい者はいない。

おや。直之進は目をとめた。自然に笑みがこぼれる。琢ノ介の言が、うつつのものになった。

直之進はゆっくりと路地を出た。

「あっ、直之進さん」

富士太郎が破顔し、駆け寄ってきた。珠吉がうしろに続いている。

「やあ」

直之進は右手をあげてみせた。

「直之進さん、おはようございます」

「ああ、おはよう」

直之進は珠吉とも挨拶をかわした。

「直之進さん、どうしてこんなところに」

「ちと仕事だ」

「どんな仕事ですか」

「用心棒だ」

「えっ、そうですか」

富士太郎が眉根を寄せる。珠吉も案じる目をしている。

「危険な仕事ですか」

富士太郎がきいてきた。

「まあ、そうだな。なかなか危ない仕事についている」

「大丈夫ですか」

直之進は微笑した。

「危険な仕事である以上、大丈夫と断言はできん。だが、決して油断はせぬ」

「誰の用心棒についているんですか」

「番所にも届けはだしてあるらしいから、いっても問題はないな」

直之進はそっと告げた。

「口入屋の山形屋さんですか。やり手できこえた人ですね。いま誰かに狙われているんですか」

「もう五度も襲われた」

富士太郎と珠吉が同時に目をみはる。

「そんなに」

「よく生きてるもんだ」

感心したように珠吉がいった。

「それはきっと直之進さんのおかげだよ、珠吉」

富士太郎たちと話をしながら直之進は、源助の家に出入りする者をいちいち目で追っている。今のところ、怪しい者の出入りはない。

「俺が関わったのは、ただの一度、昨夜のことだ。それと、四度目は琢ノ介が関わっている。あの男がいたから、四度目の襲撃を山形屋は逃れることができた」

「へえ、あの豚ノ介でも役に立つことがあるんですねえ」

「豚、というが、琢ノ介はなかなかできる男だぞ」

「えっ、そうですか。いくら直之進さんのお言葉だからって、そのままは信じられませんよ」

富士太郎が源助の家に目をやる。

「いま山形屋さんは、葬儀に出ているんですか」

「ああ、出ている。殺された源助という男とは、古いつき合いらしい。琢ノ介は一緒になかにいる」

「山形屋さんにくっついているというわけですね」

直之進は富士太郎を見つめた。富士太郎がじっと見返す。

前はこんなふうに見つめ合うことになったら、潤んだような瞳になったものだが、最近の富士太郎はちがう。前と明らかに異なっている。富士太郎を劇的に変えるなにかがあったとしか思えない。

やはり智代という娘だろうか。ききたいが、今ここでたずねることではないような気がした。

「それで、富士太郎さんたちはどうしてここに。――というのは愚問《ぐもん》だな。源助という男のことを調べに来たわけだな。雑司ヶ谷のほうで殺されたときいたが」

「ええ、その通りなんですよ。直之進さんは、源助という男が何者か、ご存じですか」

富士太郎にきかれて、直之進はうなずいた。

「元岡っ引らしいな」

「よくご存じですね」

「ああ、用心棒の依頼主にきいた。なんでも、いま山形屋は命を狙われているんだ。それで、誰が狙っているか、源助に調べてくれるように頼んでいたそうだ」

「えっ、まことですか。その調べがついたことで、殺されたかもしれないんですね」

「十分にあり得るな」

直之進はしばらく考えた。

「元岡っ引ということは、源助はもう隠居していたということだな。跡を継いだのはいるのか」

「ええ、います。源助さんは一人暮らしで女房もいなかったので、跡を継いだのは、下っ引で一番力があった男らしいんですよ。ここにも来ているはずなんですが」

「どうして源助という男が殺されたか、見当はついているのか。元岡っ引ならば、いろいろとうらみを買っていてもおかしくはないだろう」

「ええ、そうなんですけど、今のところなにもつかめていないんです。ですから、これからいろいろな人に話をきいていかなきゃ、ならないんですよ」

直之進は声をさらに殺した。

「源助はどんな殺され方だったんだ」

富士太郎がささやきかけてきた。

「背後から心の臓を一突きですよ」

「ずいぶんと手慣れている感じがするな。殺しをもっぱらにしている者の仕業ということか」

「ええ、十分に考えられます。少なくとも、殺しに慣れている者の仕業でしょう」

横で珠吉もうなずいている。

山形屋を襲った者が、正体を暴かれそうになって、口封じに殺したのだろうか。

「ああ、それと、源助さんはこんなものを握りこんでいたんですよ」

富士太郎がいって、懐から大事そうになにかを取りだした。

「こいつです」

直之進は、目の前にかざされたものをじっと見た。

「そいつは根付かな。般若のように見えるが」

「ええ、さようです。根付です」

「富士太郎さんは、その根付が犯人のものと考えているのか」

「いえ、そういうふうには思っていません」

富士太郎が理由を説明する。

「なるほど、富士太郎さんのいう通りだな。心の臓を背後から一突きにされて一瞬であの世に旅立った者に、根付をむしり取るのは無理だ。むしり取られたと知ったら、犯人は取り戻すだろうし」

直之進は問いを重ねた。

「だったら、どうして源助はそいつを握り締めていたんだろう」

富士太郎が残念そうに首を振る。

「それが、まだよくわからないんですよ」

「その根付自体、珍しいものなのか」

「般若の根付というのは、そんなに珍しいものではありませんね。はっきりいえば、どこにでもあるようなものです」

「ふむ、そうなのか」

「一応、根付の職人たちには昨日から当たっているんですけどね。もしこの根付が源助さんのものなら返そうと思っているんですが、源助さん、遺族というのはどうもいないようですね。ずっと昔から天涯孤独だったみたいです」

それは寂しかったのではあるまいか。自分は、おきくという生涯の伴侶《はんりょ》を得ることができた。今度こそ添い遂げられるだろう。

読経が不意に終わりを告げた。急にあたりが静かになった。

「では、直之進さん、これで。珠吉と聞き込みに入ります」

「探索の邪魔をして悪かった」

「邪魔だなんて、とんでもない。有益な話もうかがえましたし、会えてとてもうれしかったですよ」

「俺もだ」

富士太郎がにっこりとする。

「じゃあ直之進さん、またお会いしましょうね」

「ああ、またな」

失礼します、と珠吉も辞儀してきた。直之進も軽く頭を下げた。

入れちがいに山形屋康之助が出てきた。琢ノ介がしっかりとそばについている。まるで見えない紐がついているかのようだ。番頭の力造も一緒である。

「あれ、樺太郎ではないか。やっぱり来たんだな」

富士太郎が琢ノ介をにらみつける。

「豚ノ介さん、また太ったんじゃないんですか。その名にふさわしい体格になってきましたね」

「うるさい。顔を見るなり、喧嘩を売ってくるんじゃない」

「喧嘩を売ってきたのは、豚之介さんのほうでしょうが」

「また豚ノ介といったな」

「本当は、豚、で十分なんだけど、ノ介をつけてやっただけありがたく思ってほしいね」

「なんだと、この樺の馬鹿が」

「樺の馬鹿ってどういう意味だい」

「語呂がいいだろうが」

「いい加減にせんか」

直之進はあきれて、止めに入った。二人のあいだに入ろうとしていた珠吉がほっとした顔つきになる。

「琢ノ介、今が仕事中だというのを忘れるな。――富士太郎さん、山形屋どのに話をきかずともよいのか」

富士太郎がいちはやく冷静になった。

「こちらのお人が」

「そうだ。山形屋康之助どのだ」

富士太郎が名乗り、お話をききたいのですが、といった。康之助は、はい、もちろんかまいませんと答えた。

富士太郎がさっそく問いを発する。

「こちらの直之進さんにうかがったのですが、山形屋さんが、たびたび襲撃してくる者を調べてくれるように源助さんに頼んだというのは、まちがいありませんか」

康之助が悲しげに目を落とす。

「さようでございます。手前は源助さんに頼みました」

「源助さんが殺されたのは、そのことを依頼したからと考えていらっしゃいますか」

「はい、さようにございます」

康之助が声をしぼりだす。

「源助さんは、なにか手がかりをつかんだというようなことをいっていましたか」

康之助がかぶりを振る。

「いえ。きいていません。調べを依頼して以来、源助さんには一度も会っていませんでした」

「調べを依頼したのは、いつのことですか」

「五日ばかり前のことです」

「これまでに五度、襲撃を受けたとききました。最初に受けたのはいつのことです」

「十日ばかり前のことです」

なるほど、と富士太郎がいった。

「源助さんは、雑司ヶ谷で殺されていました。そのことについて、山形屋さんはなにか心当たりがありませんか」

「いえ、なにも」

「源助さんの口から、雑司ヶ谷という地名が出たことはありませんか」

「いえ、きいたことはありません」

「さようですか」

富士太郎もこれ以上、きくことはないようだ。山形屋に礼をいい、直之進に向かって頭を下げて、他の者に話をきくために源助の家に珠吉とともに入っていった。

「あの野郎、わしを無視しやがった」

琢ノ介がぷりぷりと怒っていう。

「犬猿の仲だから、仕方あるまい」

毎度のことだといわんばかりに直之進はいった。

源助は、山形屋が調べを依頼したために殺されたのか。元岡っ引というのなら、やはりさまざまな者のうらみを買っていることも考えられる。

しかし、今のところは山形屋を狙う者を突きとめたために殺された、というのが最も考えやすいのは確かだ。

それが、どうして遠く離れた雑司ヶ谷でなければならなかったのか。襲撃者が向こうに住んでいるのか。

今はまだよくわからぬな、というのが直之進の正直な思いだった。

「ところで直之進、怪しい者は」

琢ノ介が気づいたようにきいてきた。

「いや、おらぬ」

「そうか。そいつはよかった」

顔をほころばせた琢ノ介が視線を転じて、康之助を見つめる。

「あるじ、これからどこか寄るところがあるのかな」

「いえ、どこもありません。まっすぐ帰ることにいたしましょう」

「うむ、それがよかろうな」

琢ノ介がまじめな顔つきでいった。

琢ノ介が先に立ち、はさむようにして、直之進は康之助の警護をした。

源助の家が同じ小舟町の町内ということもあって、すぐに山形屋に着いた。

琢ノ介が先に店に入り、怪しい気配がないか、確かめる。その間、直之進は外で見張っていた。琢ノ介の指示で、なかに入っていいということになり、康之助が店内に姿を消した。

直之進はふうっと息をついた。昼間ということもあって、なにごともなかったのは当たり前に思えるが、依頼主が外出するというのは、やはり気を使うものだ。気疲れする。

さて、これからどうするか。

直之進はしばらく路上にたたずんで思案した。考えがまとまってから、山形屋のなかに足を踏み入れた。

三

久しぶりだな。

直之進は、護国寺《ごこくじ》につながる参道を歩いている。すでに護国寺の巨大な屋根が見えている。

音羽町に足を運んだのは、いつ以来か。ときが流れるのがあまりに速すぎて、思いだすことができない。

音羽町四丁目に入った。目指すは、甚右衛門店《じんえもんだな》である。すぐに木戸が見えてきた。木戸には、長屋の住人の名と生業が記された小さな看板が打ちつけられている。

こうしてあらためて見あげてみると、畳職人、錺《かざり》職人、鍼灸《しんきゆう》師、占い師、蒔《まき》絵《え》師、屋根職など、実にさまざまな職業があるのがわかる。もちろん、江戸の職業というのはこんなものではない。何百種類もあると、前にきいたことがある。

千勢はいるだろうか。

なぜかどきどきしながら、直之進は木戸をくぐった。八軒ずつの長屋が狭い路地をはさんで向き合っている。

直之進は路地を進んだ。右側に建つ四軒目の店の前に立つ。この刻限では、千勢は外に働きに出ているかもしれない。

前に、近くの典楽寺《てんがくじ》とかいう寺で、賄《まかな》いや掃除、風呂焚きなどの仕事をしているといっていた。千勢の性格なら、今も続けているのではないだろうか。

直之進は障子戸を静かに叩いた。どなたかな、という声がきこえた。紛れもなく佐之助の声だ。

「湯瀬だ」

直之進は短く答えた。障子戸に影が映りこみ、ちんまりとした土間に倉田《くらた》佐之助が立ったのがわかった。

障子戸がからりと音を立ててあいた。佐之助の顔がのぞく。

むっ、と直之進は目をみはりかけた。ずいぶんと肌の色つやがよくなっていたからだ。最後に会ったのはつい最近のことだが、こんなにつやつやとはしていなかった。別人のように思える。

「どうした」

声だけは変わっていない。元のままだ。

「いや、ちがう男を見ているような気分でな」

佐之助が笑って頬をなでた。

「ずいぶんとうまいものを食わせてもらっているからな」

そうか、と直之進はいった。

「そいつはよかった」

だが、本当の理由はやはり気持ちが解き放たれたということなのだろう。お尋ね者でいるのは、いくら強靱《きょうじん》な精神の持ち主である佐之助といえども、やはり相当きついものがあったにちがいない。いつも捕り手のことを気にして、神経を張り詰めていなければならなかったはずだ。

だが、今はちがう。気分は安らかで、枕を高くして眠れるだろう。天と地ほどの差がある。

「なにか用か」

「うむ、ちょっとな」

佐之助が鼻をうごめかせる。

「おぬし、線香臭いな」

「ちと葬儀の場にいた」

「誰か死んだのか。平川か」

「あの男はそんなにたやすくたばらん。知っているだろう」

「冗談だ。湯瀬、入るか」

「よいのか」

「俺一人だ。遠慮はいらん」

「千勢は典楽寺か」

「そうだ。あの貧乏寺の住職は岳覧《がくらん》というらしいが、千勢はずいぶんと頼りにしているようだ。岳覧和尚も千勢のことを気に入っているようだな」

「お咲希ちゃんは手習所か」

「あの子は学問がとても好きだ。毎日、楽しそうに通っている」

一瞬、目を和ませた佐之助が土間からあがり、薄縁畳《うすべりだたみ》の上にあぐらをかいた。六畳一間の造りだが、家財が簞笥以外、ほとんどないこともあって、けっこう広く感じる。

「遠慮はいらぬ。あがれ」

直之進はその言葉に素直にしたがった。佐之助の真ん前に腰をおろす。同じようにあぐらだ。

「それで」

佐之助がうながす。

「その前に、このあいだの礼をいう。おぬしのおかげで命を助けられた」

敵の謀略にはまって水攻めに遭い、溺死寸前までいったとき、佐之助が助けてくれたのである。

「そんなことはもうどうでもいいさ。礼はそのときききいたしな。それに、俺がおらずとも、おぬしは自分の力で助かっていたさ。おぬしはそういう男だ」

佐之助がよく光る目で見つめてきた。

直之進は見返し、うなずいた。この男とは、斬り合ったこともある。あれはまさに死闘だった。あのときどちらかが死んでいても、おかしくはなかった。だが、こうして二人とも生き長らえている。

その後、死闘は自然とおさまり、互いに助け合うことが増えていった。そして、今はこうして二人、狭い長屋のなかで向き合っている。不思議な縁だと思う。

「頼みがある」

直之進は佐之助にいった。

「きこう」

間髪容《かんぱつい》れずに佐之助が答える。

「用心棒を頼みたい」

「おぬしのか」

直之進はにこりとした。

「俺ではない。俺の代わりにつとめてもらいたい」

「どういうことだ」

直之進はなぜここまでやってきたか、理由を語った。

「なるほど」

きき終えて、佐之助が深くうなずいた。

「つまり、俺にその山形屋の用心棒を押しつけ、おぬしは自由に動きまわる気でいるのだな」

「そういうことだ」

「相変わらず正直なやつだ」

「どうだ、やらぬか」

佐之助が軽く鬢をかいた。

「自由に動きまわる役柄こそ、俺がやりたいところだ」

それでもかまわぬが、と直之進はいいかけた。それを制するように佐之助が続ける。

「しかし、今回に限っては、それはおぬしの仕事だろう。おぬしが持ってきたんだ、譲ってやる」

「まことか」

「嘘をついても仕方あるまい」

「ならば、用心棒の仕事を受けてもらえるのか」

「ああ、やろう」

快諾してくれた。直之進はそれだけで、なぜか胸が一杯になった。

「ほかならぬおぬしの頼みだ。断る理由などない」

「かたじけない」

直之進は賃銀のことを告げようとした。

「それはよい。そういう生臭い話は、琢ノ介にきくことにしよう。やつのほうがふさわしい」

佐之助がすっくと立ちあがった。刀架の刀を手に取り、腰に差した。さすがに流れるような動きで、見とれてしまう。

「行こう」

「千勢に断らずともよいのか」

「かまわぬ」

佐之助はいったが、すぐに思い直したようだ。

「いや、やはり文を書いておこう」

矢立《やたて》を取りだし、紙にすらすらと文章を書きつけた。

「ふむ、これでよいかな」

佐之助が独り言を漏らすように口にし、読み返す。

「うむ、よかろう。湯瀬、やはり何日も帰れぬということになるのか」

「まずまちがいない」

「ならば、着替えがいるな」

佐之助が箪笥の一番上の引出しをあけ、下帯などを取りだした。それを風呂敷で器用に包む。

「これでよかろう」

佐之助が風呂敷包みを手にした。それを見て直之進も立ち、先に土間に出て雪駄を履いた。障子戸をあけ、路地に歩み出る。すぐさま佐之助が続いた。

「あら、お出かけ」

はす向かいの女房らしい女が佐之助に声をかけてきた。

「ああ、ちょっとな」

佐之助が笑顔でいう。そのやりとりを見る限り、すっかりなじんでいる様子だ。ほほえましかった。

直之進は佐之助の足音を耳にしつつ、長屋の路地を歩いた。佐之助にこれだけ無防備な背中を見せて歩く日がやってこようとは、夢にも思わなかった。

木戸を抜け、大通りに出た。ここからは二人、連れ立って歩きはじめた。

「気持ち悪かったのではないか」

なんのことだ、とは直之進はいわなかった。佐之助がなにをきいてきたのか、よくわかっている。

「別にそんなことはない。千代田城《ちよだ》では俺がおぬしの背中についたしな」

ついこのあいだのこと、無数の風魔《ふうま》忍びが千代田城に押し入り、将軍を亡き者にしようとした。そのときは佐之助が大活躍し、将軍の命を救うという離《はな》れ業《わざ》を演じてみせたのだが、直之進は一歩下がり、佐之助の背中を見つめながら、助勢だけに専心したのである。

「おぬしがいたおかげで、俺は前の敵を屠《ほふ》ることに専念できた。このあいだは花を持たせてもらった」

「花を持たせるなどという真似をした覚えはないが、おぬしは幕臣だったからな、将軍に対する思い入れが強いのではないかと思ったまでだ」

「とにかく、今回は俺がうしろに下がる。おぬしの手助けをする」

「かたじけない」

それからしばらく直之進たちは、冬を感じさせる風に袴の裾をはためかせつつ、無言で往来を歩いた。

「一つきいてよいか」

山形屋まであと十町ばかりというところで、直之進は佐之助にいった。日本橋が近づいてきたこともあるのか、人々の行き来はそれまで以上ににぎやかになっている。音羽町のあたりとは華やかさがちがうというのか、行きかう者たちの着物の色彩もかなり異なっていた。

佐之助が端整な顔を向けてきた。直之進がなにをききたいのか、すでに解している表情である。

直之進は一瞬ためらいかけたが、ここで口をつぐんでも意味はないと思い直し、思い切っていった。

「千勢とは一緒に住んでいるのだな」

「ああ」

「あの長屋でか」

「千勢もお咲希も気に入っているのでな」

これまで隠れ家をいくつも持っていたこともあり、佐之助ならばもっと広い家を借りたり、あるいは手に入れたりするのもむずかしくはないと思うが、千勢たちと肩を寄せ合って暮らす道を選んだのだ。

「そうか」

相づちを打って、直之進は最もききたかったことを口にすることにした。もっとも、きかずとも顔色のよさからそのことはすでにはっきりしていたが、佐之助からじかに耳にしたかった。

「おぬし、幸せか」

佐之助が驚いた。軽くほほえむ。

「千勢を幸せにしてくれというのかと思ったら、これは意表を突かれたな」

口元を引き締め、真顔になった。

「ああ、幸せだ。満ち足りている」

まったく迷いのない口調だ。このことが今の佐之助の状態をあらわしていた。

「そうか、それはよかった」

「おぬしはどうなんだ。米田屋の娘とうまくいっているのか」

「ああ、うまくいっている」

直之進もはっきりといった。

「おととい、米田屋に正式に縁談を申しこんだ」

「そいつはめでたい。千勢も喜ぼう。千勢はおぬしにすまなかったという思いを抱いているから、これでようやく吹っ切れるのではないかな」

千勢は沼里家中で使番をしていた藤村円四郎《ふじむらえんしろう》という想い人の仇討を決意して、夫だった直之進を捨て、江戸に出た。そのあとを追って直之進も江戸へやってきた。千勢の居どころは意外にたやすく見つかったのだが、それからいろいろとあった。その間、ずっと千勢も苦しんでいたのだ。

佐之助が一つ、大きくうなずいた。

「これからが俺たちの出発だな。湯瀬、おぬしも幸せをつかめ」

ふふ、と直之進は笑った。

「まさかおぬしにそんなことをいわれる日がやってくるとは思わなんだ。しかし、ここは素直にかたじけないといっておこう」

山形屋に着いた直之進はさっそく康之助に佐之助を引き合わせた。

「これが倉田佐之助にござる。すでにお話し申しあげたが、それがし以上の遣い手にござる」

直之進がにこやかに紹介すると、康之助が目を大きく見ひらいた。

「ほう、倉田さまはそんなすごいお方にございますのか」

「うむ、この男は本当にすごい」

康之助の隣に控えている琢ノ介が、唾を飛ばさんばかりの勢いでいった。

「この倉田佐之助がそばにいる限り、例の賊は山形屋どのに指一本、触れることはできぬ。それがしが太鼓判を押す」

琢ノ介は佐之助に斬り殺されそうになったこともある。また、溺死しそうになったところを助けられたこともある。佐之助のすごさを身をもって知っている男なのだ。

琢ノ介の言葉を受けて、康之助が佐之助をほれぼれと見る。

「そのようなお方にいらしていただき、手前、心よりうれしく存じます」

佐之助は軽くうなずいただけだ。

「では山形屋どの、俺は出かける」

直之進は康之助に告げた。

「はい、承知いたしました」

直之進は横の佐之助に目を転じた。

「倉田、山形屋どのを頼んだぞ」

「まかせておけ」

佐之助が強い視線をぶつけてきた。

「湯瀬、賊の居場所をさっさと見つけだせ。もしおぬしの手に余るようだったら、いつでも俺が代わるゆえ、案ずるな」

直之進はにこりとした。

「そんな心配はいらぬ。俺にまかせておけ。必ず見つけだす」

佐之助が意外そうに見る。

「ほう、おぬしにしては自信たっぷりだな」

「たまには大口を叩くこともある」

うむ、と佐之助が深くうなずいた。

「とにかく湯瀬、見つけだせ」

「承知した」

直之進は答え、山形屋をあとにした。

佐之助が康之助の警護に就《つ》いた。

後顧《こうこ》の憂《うれ》いは消えた。これで自由に動くことができる。

あの賊が手にしていた刀身は、なぜか月の光を反射しなかった。昨夜、賊が康之助の駕籠に近づいたのに直之進が気づくのが遅れたのは、そのせいもあった。

あれはまちがいなく手がかりだ。あの賊が使ったのは、紛れもなく闇討ちのために工夫された剣である。

闇討ちの剣といえば、なんといっても天下流の柳生新陰流《やぎゅうしんかげりゅう》がすさまじい。その手の技をいくつも持っている。沼里が譜代大名の家ということもあり、柳生新陰流は盛んだった。その家臣ということもあり、直之進も柳生新陰流を学んでいる。

月の光を反射させない剣というのは、確かに柳生新陰流にはある。だが、あの賊の剣は、自分の知っている剣とは様子がちがった。柳生新陰流の影響を色濃く受けてはいるものの、別の流派ではないだろうか。

あれがなんという流派かわかれば、あの賊にたどりつくのはさほどむずかしくはないのではないか。

誰か闇討ちの剣に詳しい者に、話をきかなければならない。佐之助にきけばよかっただろうか。あの男は殺しをもっぱらの生業にしていたこともあり、その手のことにはかなり詳しいのではないか。

いや、きかなくてよかったと思う。殺し屋をしていたことを、今の佐之助は悔いているのではないかと思えるからだ。過去をほじくり返すようなことは、あの男のためにもしないほうが賢明だろう。

となると、誰がよいか。

一人、月のようにぽっかりと顔が浮かんできた。

安芝菱五郎《やすしばひしごろう》という男である。参勤交代で沼里から出てきて、又太郎がお国入りした今でもなぜかそのまま上屋敷に居残っているという噂をきいたことがある。

直之進にとって、私塾での先輩に当たる男だ。剣術のことにはひじょうに詳しい。古今の本を読みあさっている。

直之進は、駿河台《するがだい》にある沼里の上屋敷に足を向けた。

# 四

びっくりするほど宏壮《こうそう》な屋敷ではない。

だが、古さのなかに威厳があって、直之進はこの屋敷が好きだ。ここに来ると、気持ちが落ち着く。初めて参勤交代で江戸に出てきたとき上屋敷を見て、どこかなつかしい思いに包まれたものである。

直之進はいかめしい長屋門の前に進んだ。にらみつけてくる門番に笑顔で名乗り、安芝菱五郎どのに会いたいと告げた。

「湯瀬直之進さまといわれたか」

門番はその名に心当たりがあるような顔つきだ。主君の又太郎の危機を救うなどしたから、直之進の名がこの門番の耳に入っていても不思議はない。

「しばしお待ちくだされ」

門番は丁重《ていちょう》にいって、屋敷のなかの者に直之進の来意を伝えた。

ほとんど待たされることなく、直之進は上屋敷に足を踏み入れることができた。

上屋敷は、直之進にやすらぎを感じさせるようなにおいがした。これは、故郷の香りではあるまいか。これまでこの屋敷は、沼里からいったいどれだけの人数を迎え入れてきたものか。そういう者たちのにおいがしみついている感じがする。

家中の士として、この屋敷ですごしていたときにはまったく気づかなかった。離れてみて、初めてわかった。

長屋門のなかにある四畳半の畳敷きの一室で正座し、目を閉じて、直之進は菱五郎が姿を見せるのをじっと待った。

「失礼するぞ」

いきなり声が響き、からりと障子があいた。一瞬、別人がやってきたのかと思った。記憶のなかの菱五郎はやせていたのだが、目の前にあらわれたのは、琢ノ介のようにでっぷりと肥えた男だったからだ。こけていた頬にも、たっぷりと肉がついている。

しかし、額が盛りあがって、突き出ているのはまったく変わっていなかった。

直之進の頭のなかで、見覚えのある菱五郎の顔がようやく重なった。

「おう、直之進、久しぶりだな。いったいいつ以来だ」

屋敷中に轟《とどろ》くような大声でいって、菱五郎がどかりと座った。体の重みで、畳がきしんだ。

「直之進、膝を崩せ。わしの前で正座など、堅苦しいぞ」

「いえ、そういうわけには」

菱五郎がにかっとする。

「直之進、相変わらずかたいな。変わっておらんようだ。安心したぞ」

興味深げな目を当ててきた。

「しかし、少しやせたか。おぬしについては、さまざまな話をきいたぞ。女房に逃げられたと思ったら、殿をお救いになったりと、いろいろとご活躍のようだな」

「はあ」

「わしのほうも、見ての通り、さして変わっておらぬ。変わったのは歳を取ったことくらいだ。といいたいところだが、日頃の不摂生がたたって、こんなに肥えてしまった。身動き一つするのもつらいぞ。肥えてみて初めてわかった。人というのはある程度やせていたほうがいい。そのほうがいろいろと楽だ。着るものも着られなくなってしまうし」

菱五郎が疲れたように大きく息をつく。

「ちょっとしゃべったくらいで息が切れてしまうのだから、まったく情けない」

気づいたように口を閉じた。しばらく黙っていた。

「ふむ、しゃべらずにいるというのも、なかなかきついものよな。息苦しくなってしまうわ。――それで直之進、どうした。なにか用事があってきたのか。それとも、わしの顔が見たくなったのか」

「はい、申しわけありませんが、前者のほうです。あっ、もちろん、安芝さまのお顔も拝見したいと思っていました」

「あとのほうはとってつけたも同然だな。それで、どんな用だ」

気を悪くしたようでもなく、菱五郎がきいてきた。まさに沼里の男だなあ、と直之進は感じ入った。温暖な気候のせいもあるのか、こういうふうにのんびりとして、いつも穏やかな男が沼里にはことのほか多い。話をしていて、とても楽である。

「ああ、そうだ。大事なことを忘れておったぞ」

「どうされました」

「茶をだし忘れた」

「ああ、いえ、けっこうです」

「そういうわけにはいかぬ」

「いえ、本当にけっこうですから」

以前、菱五郎のいれた茶を飲んだことがある。恐ろしく苦い茶だった。茶葉をどれだけ入れればよいか、菱五郎は知らないのだ。

直之進は急いで用件を語った。今、ある人の用心棒をしており、実際に襲われたことも正直に語った。

きき終えた菱五郎がぎゅっと口を引き結んだ。突きだしている額のてっぺんが、赤くなっている。これは、いろいろと考えているときの証である。

「直之進がいうような月光が反射しない剣はある。しかし、その賊が遣った剣は柳生ではないようだな」

「心当たりがありますか」

「わしを誰だと思っている。しかし、それだけでは正直わからんな。ほかに特徴はなかったか」

直之進は考えこんだ。いま思い起こして、なにか心に深く刻まれるようなものはなかっただろうか。

直之進は顔をあげた。

「あの男の使う刀は、闇に紛れ、ほとんど見えませんでした。ほかには、忍びのような体技を使うことです。クナイらしいものも投げこんできました」

「そのクナイは持っているか」

「いえ、探してみたのですが、見つかりませんでした」

「それは残念だ。直之進も知っているだろうが、流派によってクナイのつくり方が一つ一つちがうゆえ、大きな手がかりになったはずだ」

「申しわけありません」

「別に謝る必要はない。ほかに思いだすことは」

「もう一つあります。上段から打ちこんでくるとき、わずかですが、手首をひねるような仕草をしたように思えたのです」

「うむ、わかった」

いうや、菱五郎がよっこらしょと大儀そうに立ちあがった。

「ちと書物を持ってくるゆえ、待っていてくれ。いま直之進がいったことをすべてそろえているような流派について記してある文献があったはずだ」

障子をあけて菱五郎が出ていった。

急に静かになった。直之進はなんとなく耳を澄ませた。

今、主君の又太郎は沼里に在国中ということもあって、この上屋敷にいる者は留守居役のほか定府の者たちがほとんどである。

人数が少ないだけあって、屋敷内は静謐さに包まれている。人など、実は一人もいないのではないかと思えるほどだ。

そんなことを考えていると、静寂を破る足音が響いてきた。

「待たせたな」

障子をあけ、菱五郎が顔を突っこんできた。

「いえ」

菱五郎は書物を小脇に抱え、盆を手にしている。盆には湯飲みが二つ、のっていた。

「湯飲みを取ってくれ」

はい、と直之進はいわれた通りにした。湯飲みをのぞきこむ。ふつうの色をしている。濃すぎるということはなさそうだ。香りもよい。

「沼里の茶だ。これは屋敷の女中にいれてもらったものゆえ、ふつうに飲めるぞ。直之進、安心せい」

「はあ、助かります」

「まったく正直者よな」

菱五郎が畳の上にあぐらをかいた。

「これだ」

厚みのある書物を畳に置き、手慣れた仕草で繰《く》りはじめた。題はすりきれて、なんと書いてあるか、はっきりしない。

「ここだ」

書物のちょうどまんなかあたりだった。直之進はそこを見た。

「明新鋭智流《めいしんえいちりゅう》というんだ」

「どこの流派ですか」

「江戸よ。もともとは柳生新陰流から出ている」

「やはりそうですか」

菱五郎が二つの湯飲みに目を当てる。

「直之進、熱いうちに飲め」

「はい」

直之進は湯飲みを手にし、茶をすすった。菱五郎も飲んでいる。

「ああ、うまい」

直之進は世辞でなくいった。

「そうだろう。故郷の味がするだろう」

「はい」

直之進は笑顔で答えた。

「この茶葉は、わしが沼里から持ってきたんだ」

「えっ、そうだったのですか」

「もう少し江戸の水がよければ、もっとうまいんだろうが、そいつが少し残念だ」

「このくらいおいしければ、十分ではありませんか」

直之進は真剣な眼差しを菱五郎に向けた。

「明新鋭智流の道場がどこにあるか、ご存じですか」

「ああ、知っている。江戸には一軒しかないようだな。そんなに遠くないところにあるぞ。いま地図を描いてやろう」

懐から紙を取りだし、帯に下げていた矢立から筆を手にした。すらすらと描きはじめる。昔から菱五郎は絵が得手《えて》だった。

「直之進、いまなにをして口を糊《のり》しておる」

筆を紙に滑らせつつ、きいてきた。

「稼業というほどではありませんが、用心棒をしています」

「浪人暮らしということか」

「まあ、そういうことです」

「いいなあ、自由で。気ままに暮らせるというのは、うらやましいぞ」

直之進は茶で唇を湿した。

「安芝さまは、どうして江戸にとどまっておられるのですか」

「理由は一つよ。学問だ」

家中でも屈指の英才として知られているのは、紛れもない事実である。

「どのような学問を習われているのですか」

「算学と医術だな」

「それはまた」

筆をとめて、菱五郎が顔をあげた。

「直之進の最も苦手な類だな」

「はい。それはもう」

「しかし、おぬしは剣術が比類《ひるい》ない。わしなどいつもうらやましいと思っていた」

「さようでしたか」

「わしは学問しかできんゆえ、よくいじめられたからな。いつも強くなりたいと思っていたものさ」

菱五郎が筆を置いた。

「よし、できた。これでわかるか」

実に几帳面な絵図だ。克明すぎるほど克明である。これなら迷うはずがなかった。

「ありがとうございます」

墨が乾くのを待っててていねいにたたみ、直之進は大事に懐にしまい入れた。

「役に立てたか」

「もちろんです」

「直之進、もう帰るか」

「……はい」

「残念だが、仕方あるまい。直之進、また訪ねてこい。今度はゆっくりと酒でも酉もう」

「はい、是非」

直之進は安芝菱五郎に深く頭を下げて、沼里の上屋敷をあとにした。

道に出て、絵図を取りだした。

絵図のおかげで、すぐに道場のあった場所にたどりつけた。

そのはずだったが、肝心の道場がどこにもない。

そこは空き地になってしまっている。

どこか近所に買物にでも行くのか、女房らしい女に、ここに明新鋭智流という剣術道場があったはずだが、と直之進はたずねた。

「ああ、火事で焼けちまいましたよ」

女房が悲しげに目を伏せる。

「かわいそうに、ご内儀と娘さんが死んでしまったんですよ。こちらの家から出た火が燃え移って、道場の建物が全部燃えちまって」

それをきいて直之進は呆然とした。しかし、ここで立ちどまるわけにはいかない。すぐに気を取り直す。

「道場主は無事だったのか」

「火事があったとき、ちょうど相州《そうしゅう》の小田原に行っていたそうなんですよ。剣術修行だったみたいですけどね。火事の翌日に戻ってみえたんですけど、焼け跡を見つめて声もなく立ち尽くしていましたよ」

「その道場主の名は」

「西村京之助さまというんですよ」

「今どこに」

さあ、といって女房は首をひねった。

「あたしは知りませんねえ」

「知っている者はいるかな」

「さあ、どうでしょう。いないような気がしますねえ。ご内儀と娘さんの葬儀をだして、ふっとかき消えてしまったような感じでしたから」

「道場主と親しかった者は」

「一番親しかったのは、火をだした家に住んでた金吉さんですね。よく一緒に煮売り酒屋にいましたよ。もっとも、西村の旦那はお酒を飲まないんで、茶をすすって肴《さかな》をつまんでばかりいたそうですよ。金吉さんはお酒が大好きだったんですけど、結局、飲んだくれて火事をだして、焼け死んでしまいましたよ」

そうか、と直之進はいった。これ以上、言葉が出てこなかった。

だが、めげてはいられない。すぐさま新たな問いを発する。

「その金吉以外で親しかった者は」

「あの、お侍。どうしてそんなに西村の旦那のことをきかれるんですか」

さすがに女房は気になったようで、問うてきた。

「昔、世話になった。是非とも恩返しをしたいと思っているんだ」

こんなふうにすらすらと嘘をつけるようになったことに、直之進は心中、顔をしかめていた。だが、これも真実を明らかにするためだと自らにいいきかせた。

「ああ、そういう事情でしたか」

女房は納得した顔だ。

「金吉さん以外で西村の旦那と親しかったのは、やはり道場の門人さんでしょうねえ」

「門人で、誰か知っている者はいるかい」

女房があっさりとうなずく。

「あたしが知っているのは、八百屋《やおや》の樽蔵《たるぞう》さんですね。あの人、かなり筋がいいって、西村の旦那にほめられたんですよ」

樽蔵が営む八百屋というのは、半町ばかり西へ行った角にあった。樽屋という看板が建物の上に掲げられ、やや強い風にあおられてがたがたと音を立てていた。店先には青物や乾物が並べられている。間口は二間ばかり、客は一人もいなかった。

奥に、床几《しょうぎ》に腰かけて暇そうに煙草をふかしている男がいた。直之進をちらりと見たが、客でないと判断したようで、横を向いて煙を盛大に噴きあげた。

「樽蔵さんか」

直之進は声をかけた。男がびっくりしたようにこちらを見る。煙管《きせる》を長火鉢に叩きつけてそこに置き、立ちあがった。

「はい、あっしが樽蔵ですが」

「西村京之助どののことで、話をききたいのだが」

どうして京之助のことを知りたいのか、直之進は女房に語ったのと同じ理由を口にした。

京之助の名を耳にして、樽蔵が少し悲しげな顔つきになった。

「はあ、先生のことで。どんなことでしょうか」

「行方を知っているかな」

「いえ、存じません」

樽蔵が寂しさを口調ににじませていった。

「行方を知っている者に心当たりはないかな」

「いえ、知っていたら、あっしが会いに行っています」

そうだろうな、と直之進は思った。今のはつまらない問いだった。

「西村どのは、明新鋭智流の道場をいつひらいたのかな」

「いえ、もともとは師範代として入られたんですよ」

樽蔵が説明をはじめる。

「十五年ほど前ですかねえ、先生は前の道場主の明智《あけち》三五郎《さんごろう》先生に腕を買われて師範代になったんです」

「つまり、西村どのはもともとあの道場の門人だったのか」

「いえ、そういうわけではないんですよ。どこかで三五郎先生が京之助先生を見つけて、それから師範代に据えたんです」

「西村どのは、すでに明新鋭智流の剣を会得していたのか」

「いいえ、そうではなかったようですよ。三五郎先生がとことん鍛えあげたみたいです。京之助先生もさすがで、すぐに三五郎先生に負けない腕になったそうですよ」

樽蔵が首をかしげる。

「三五郎先生はどこで西村どのを見つけたのだろう」

「三五郎先生が亡くなったあと、京之助先生が冗談めかしていっていたんですけど、ご内儀と二人して永代橋のまんなかでぼうっとしているところを、三五郎先生に声をかけられたって。きっとこれから身投げするように見えたんだろうって、笑ってましたね」

そこまできいたとき、二人の女客が入ってきた。直之進は京之助が金吉とよく一緒にいたという煮売り酒屋の場所をきいてから、よくよく礼をいってその場をあとにした。

煮売り酒屋は、樽屋から一町ばかり北へ行ったところにあった。名は高崎《たかさき》といい、まだ店はあいていなかったが、あるじがすでに仕込みをはじめていた。あるじは結衣吉《ゆいきち》と名乗った。小上がりが二つに、あとは土間に長床几《ながしょうぎ》が四つばかり置かれている。

結衣吉も残念ながら、西村京之助の行方に心当たりはなかった。

「火事をだした金吉という男と、西村どのはよくこの店に来ていたらしいな。二人はどんな話をしていた」

土間に立ったままの直之進は、二人の会話から行方を突きとめる示唆を得られぬものかと思って、結衣吉に問いをぶつけた。

「あの、お侍はなぜそんなことをお知りになりたいんですか」

厨房から首を伸ばして、結衣吉がきいてきた。直之進は先ほどと同じ理由を告げた。

「ああ、京之助先生にお世話になったんですか。さようですか」

結衣吉が目を落とす。

「そうですねえ。金吉さんは酔っても、そんなに高い声をあげるわけではなかったですねえ。京之助先生はお飲みにならないんで、声はいつも低いままでしたね」

「ならば、なにも耳にしておらぬのか」

「いえ、それがそういうわけでもないんですよ。この店は女房と二人でやっているんですけど、暇なときは、あっしだけでやるときがあるんです。あっしが酒や肴を持ってゆくんですけど、そのときにお二人の声がどうしても耳に飛びこんでくるんですよ」

それならば、結衣吉は二人がかわしていた会話の中身を小耳にはさんだこともあるだろう。よい話がきけそうな気がして、直之進の期待は高まった。

「それで」

直之進は先をうながした。ええ、と結衣吉が首を縦に動かした。

「よくお二人でしゃべっていたのは、山形屋さんのことでしたねえ」

直之進はびくんと背筋が伸びた。

「山形屋というと、日本橋小舟町の口入屋のことか」

「ええ、よくご存じで」

「二人が山形屋のことをあれこれ話していたというのは、まちがいないのだな」

「ええ、まちがいありませんよ」

結衣吉が断言する。

「お客のことを悪くいうつもりはありませんが、お二人とも、どうも山形屋さんにうらみがあったようでしたね。その小上がりで顔を寄せ合っては、憎々しげな口調で語り合っていましたものねえ」

# 第四章

## 一

悪い話はほとんど出てこない。

これは希有な例としか、いいようがなかった。

「ほんと、珍しいことだねえ」

富士太郎は珠吉といい合ったものだ。

岡っ引といえば、秘密を握って町人を強請《ゆす》ったり、濡衣《ぬれぎぬ》を着せて金を引きだそうとしたり、悪事の目こぼしをしたりと、よい噂をきかないのが当たり前のことになっているが、殺された源助の場合、そんな話はまったく耳に入ってこなかった。

善行を積んだとか、人助けをしたということもなく、町人たちに感謝されていたということもなかったが、少なくとも悪さはしていなかったようだ。町奉行所から命を受けた探索も、一所懸命に行っていたようで、むずかしい事件を解決に導いたことも一度や二度ではない。

源助を岡っ引として使っていたのは、富士太郎の同僚の君島小弥太《きみしまこやた》である。源助殺しは富士太郎の縄張で行われたとはいえ、小弥太の岡っ引なのだから、本来なら小弥太が中心となって探索をするべきなのだろう。

しかし、すでに五十も半ばになっている小弥太の体調がこのところ思わしくなく、病床に伏している。そのために、富士太郎が探索の一切をまかされることになった。

昨日、富士太郎は小弥太を屋敷に見舞ったが、果たしてなんの病なのか、顔色がくすんだような灰色で、搔巻からのぞく腕も肉が落ち、ずいぶんと細くなっていた。

そのあまりの変わりように、富士太郎は涙がこぼれそうになった。もちろん、そんな悲しげな顔を小弥太に見せられるはずもなく、必死に感情を押し殺した。

富士太郎の思いは小弥太にはお見通しだったようで、富士太郎、無理するな、といってくれた。その言葉にまたしても富士太郎は泣きそうになった。

とにかく小弥太が快復するまでに相当長いときがかかりそうで、これは源助についてきくのは遠慮したほうがよいな、と判断し、富士太郎はただちにその場を辞そうとした。

しかし、その気配を察した小弥太のほうから、源助のことをききにまいったのであろう、わしは大丈夫だからなんでもきいてゆけ、といったのである。ただし、その声音も、かつて悪人たちを震えあがらせた迫力や太さは跡形もなく、赤子にさえなめられそうな弱々しさだった。

その言葉に甘えることにして、富士太郎は源助にうらみを持つような者がいないか、源助が諍いやもめ事に巻きこまれていなかったか、源助が雑司ヶ谷のことを口にしていたことがなかったかをたずねてみたが、小弥太からははかばかしい返事は得られなかった。

なにしろ、隠居した源助が小弥太を訪ねてくるのは年始がせいぜいで、そのほかにほとんど顔を合わせることはなかったそうなのだ。源助が今なにをしているのか、気にはなっていたが、あまり噂をきくこともなかったという。

源助が小弥太と縁遠くなったのは、縄張を譲った者に源助が遠慮したためだろうと小弥太はいった。源助がいつまでも親分面をして小弥太の屋敷に出入りすれば、新たに親分になった者がやはりおもしろくあるまいとのことだった。

源助の人柄はよかったという。悪さはまったくせず、うらみを買うようなこともなかった。だから、諍いの上で殺されたというのはなんとも考えにくい、と小弥太は全身の力を振りしぼるように熱心に述べ立てた。

そのほかにきくべきことは、富士太郎にはなかった。思いついたこともなかった。

なにも力になれなかったと、やつれた顔に申しわけなさを刻んで小弥太がこうべを垂れた。自らの不甲斐なさ、情けなさを恥じていた。

そのようなことは決してありません、と富士太郎は、低い声だが、はっきりと告げた。必ず源助さんを手にかけた者は捕らえてご覧に入れますから、君島さまは早く病を治して元気なお顔を見せてください、と笑みを浮かべていった。

小弥太が首筋や頬のしわを一層深めて、うんうんと何度もうなずいた。その表情は今にも泣きだしそうに見えた。その顔を見て富士太郎はまたこみあげるものがあったが、なんとか気持ちを抑えこんだ。

その後、君島屋敷の外で待っていた珠吉とともに日本橋に赴き、源助の下っ引だった者とも話をした。源助の縄張を受け継ぎ、岡っ引となったのは営造《えいぞう》という三十半ばの男である。

営造は源助とは繁く会っていた。別段用事がなくとも気軽に家に顔をだして、源助からいろいろと探索の助言などを受けていた。むろん、営造たちも誰が源助を殺したのか、一所懸命に調べている。

だが、今のところ源助が殺されなければならないような理由をつかむには至っていないという。営造は無念さを顔ににじませていたが、必ず犯人をつかまえ、獄門台に送りこんでやるという気迫を全身にみなぎらせていた。

配下の下っ引たちもむろん同じことを考えているとのことで、なにかわかったら必ず樺山の旦那にお知らせいたしますから、と営造はきっぱりといった。

富士太郎も、おいらのほうでもなにかわかったら伝えるからね、と告げた。富士太郎が見かけによらず探索の才に長《た》けていることは営造も知っている様子で、よろしくお願いいたします、と素直に頭を下げてきた。

富士太郎と珠吉は、源助の友垣や知り合いにも話をきいた。いずれも、源助が岡っ引だったことを知っている者ばかりだった。

実際、こういうのも珍しい。岡っ引はもともと裏街道を歩いていた者が町奉行所の者から罪を許される代わりに探索に合力するようにいわれた者がほとんどである。公儀のために働いていることを隠して悪者どものなかに紛れこみ、さまざまなことを調べあげてくるのだが、そのために正体をあらわにすることは滅多にない。

しかし、源助は裏街道を歩くことなく岡っ引に採用された者で、まるで町方同心のように正面から探索することを得手にしていた。

源助が使っていた下っ引には以前悪事をはたらいていた者もいて、そういう者に、悪人どもの人となりや、なにか悪さを企んでいないか、悪事を行った者がいないかなど、最近の動きを探らせていたそうだ。

友垣たちは源助に、もう隠居したのだから危ない仕事はおやめよ、と口を酸っぱくしていっていたという。しかし源助は、こんな老いぼれでも頼りにしてくれる人がいるから、といまだに張り切って岡っ引仕事に首をつっこんでいたようだ。

源助を今も頼りにしていた一人が、山形屋康之助だったというわけである。

友垣や知り合いのほとんどすべてを当たり、話をきくのももう最後の一人というところになって、富士太郎と珠吉はようやく手がかりにつながるかもしれない話を耳にすることができた。

源助の知り合いの一人で、壕吉《ほりきち》という男だった。つい三日ばかり前の夕暮れ、日本橋の薬研堀《やげんぼり》近くで源助と偶然顔を合わせ、立ち話をしたのだという。しばらく互いの消息などを語っていたのだが、そのとき、いきなり源助がぎくりとしたのだそうだ。そして口のなかで、呆然としたようになにかつぶやいたらしい。腹の据わった人だから、そういうことはとても珍しく、壕吉は知らず目をみはったとのことである。

どうかしたのかい、と壕吉が源助にきいたところ、いやなんでもないよ、と笑みを浮かべていったが、鋭い目はおびただしい人が行きから雑踏に向けられていた。

ただし、闇が深さを増してゆくなかでも、顔色はひどく青かった。壕吉には、源助が幽霊でも見たのではないか、と思えたほどだ。

壕吉さん、久しぶりに会えてうれしかった、今日はこれで、と手刀をつくっていうと、源助は夕闇がさらに濃くなりつつある町に急ぎ足で姿を消したのだそうだ。

三日前の夕方といえば、源助が死骸で見つかる前日のことだ。壕吉が生前の源助と会った最後の者なのかもしれない。

擽吉の感触としては、源助は立ち話をしながら誰か知り合いの顔を見つけたのではないか、ということだ。なにかつぶやいたのも、どうしてあいつが、といったように思えたとのことである。

源助が向かった方角を擽吉からきいて、富士太郎と珠吉はそちらに足を踏みだし、徹底して道筋の聞き込みを行った。

その結果、西へ向かう源助らしい男を見たという者を、何人か見つけた。自身番に詰めている書役だったり、豆腐の行商人だったり、つとめ帰りの職人だったり、買物帰りの女房だったりした。

聞き込みを続けてきた富士太郎と珠吉が今いる場所は、下雑司ヶ谷町の高田四家町である。

知り合いの誰かを追って、源助はここ雑司ヶ谷まで来て、殺されたということになるのか。

「誘いこまれたのかねえ」

富士太郎は珠吉にいった。珠吉が先をききたげに顔を向けてくる。

「源助さんにつけられていることを知ったその者は、人けのないところに源助さんを誘いこみ、背後にまわりこんで殺した。そういうことじゃないのかね」

「なるほど」

珠吉が相づちを打つ。

「となると、殺した者はこのあたりに土地鑑があるということですかね」

「そうかもしれないね。あるいは、目的の地はまだ先にあり、この近くまで来たときにつけられていることに気づき、ここで殺したということも考えられるね。――もっとも」

富士太郎は言葉を切ってから続けた。

「源助さんがつけていた者が、源助さんを殺したというのは、まだはっきりしていないけどね」

「しかし、最も疑いが濃い者と考えてよいでしょうね」

「うん、珠吉のいう通りだよ。おいらのなかじゃ、その者がまだ男か女かもわからないけれど、源助さんを殺したというのは、確信になっているよ」

「でしたら旦那、その者に的をしぼって探索を進めていくことにしますかい」

「うん、そうしよう」

富士太郎は、傾いている秋の日にちらりと目を投げた。まだあたりは穏やかな陽射しに満ちているが、どこか陰りのようなものを感じないでもない。日暮れの兆《きざ》しとでもいうべきものだろうか。

富士太郎は目を珠吉に戻した。

「どうしてあいつが、というのは、どうしてあいつがここに、という意味だよねえ。珠吉はどう思う」

「つまり江戸にいちゃいけない野郎を源助さんは見たってことですかい」

「かもしれないねえ」

「江戸払いになったやつですか」

「ああ、罪を犯して江戸払いになっても、江戸恋しさに舞い戻ってくる者はあとを絶たないからねえ。見つかれば死罪だっていうのに、それでもなんとかして戻ろうとするからねえ」

「まさか本当に幽霊だったなんてことはないんでしょうねえ」

「幽霊が人を刺し殺すなんて、これまできいたことがないからねえ」

「でしたら旦那、罪を犯して江戸払いになった者に殺されたという筋で、調べてみますかい」

「それがいいだろうね」

富士太郎は同意した。

「それも、源助さんが扱った事件で江戸払いになった者がいいね」

「そういうこってすね。だからこそ、源助さんはよく顔を覚えていたんでしょうから」

珠吉が見あげてきた。

「旦那、御番所に戻りますかい」

「昔の事件を調べるためだね」

「さいです」

富士太郎は目の下をぽりぽりとかいた。

「それはもうちょっと待ってみようよ」

珠吉がじっと見る。

「旦那、なにか考えがあるって顔ですね」

「その通りだよ」

富士太郎は明快に答えた。

「もっともたいした考えじゃないんだけどね。珠吉、もう一度、日本橋に戻ろう。さっき壕吉さんに会った場所だよ。今から行ったら、ちょうどいい刻限かもしれないからね」

日暮れにはまだ間があるが、暗さがじわじわと忍び寄ってきているのが、肌に染みるように感じ取れる。

「壕吉さんが源助さんに会ったのは、このくらいの刻限だろうね」

「旦那は、壕吉さんと源助さんが会ったとき、このあたりがどんなふうな風景になっているか、知りたかったんですかい」

「そういうことだよ」

富士太郎はあたりを見まわした。

「さっきはこの辺になにがあるかなんて、ろくに見ていなかったからね。おいらとしてはそのときの状況を再現してみたかったんだよ。このことに果たして意味があるのかどうか、よくわからないんだけどさ」

「意味はきっとありますよ」

珠吉が強い口調でいった。

「なんといっても、旦那は勘が鋭いですからね。いま頭でわからずとも、きっと肌で感じるなにかがあったってことですよ」

あたりの風景は昼間とだいぶ異なってきている。当たり前のことだが、昼間は灯っている提灯など一つもなかった。

しかし、今はおびただしい提灯がつり下げられ、淡い光を放っている。提灯もこれだけ集まると、まばゆさを持つようになるのである。

富士太郎はこれまで一度も行ったことはなく、これからも足を運ぶことはないだろうが、吉原はもっと明るい光で満ちているのだろうか。

富士太郎はまわりを見た。壕吉によると、源助は東を向いて話をしていたとき、ぎくりとした顔を見せたという。

東側には小料理屋らしい店が二軒と、蕎麦屋が一軒ある。あとは油問屋に塩問屋、書物問屋が軒を連ねているのが建物の横に掲げられた看板からわかるが、すでに三軒ともに店は終わっており、戸はかたく閉じられている。そういうこともあって、他の方角とは異なり、東側は少し暗く感じられる。提灯を手にして行きかう人の顔も、くすんだようにしか見えない。

蕎麦屋から一人の男が暖簾を外に払って出てきた。あっ、と富士太郎は声をあげた。右隣の小料理屋の提灯の光がまともに男の顔をとらえ、造作などが浮きあがるようにはっきりと見えたのだ。爪楊枝をくわえているのもわかった。

「旦那」

珠吉が確信のこもった声をかけてきた。富士太郎は珠吉に顔を向けて、大きく顎を上下させた。

「源助さんは、あの蕎麦屋から出てきた男を見たにちがいないよ」

富士太郎は珠吉を引き連れて、蕎麦屋の暖簾をくぐった。いらっしゃいませ、と元気のよい声が耳を打った。

厨房に店主らしい年寄りがいて、幼子のようにきらきらとよく光る目でこちらを見ていた。富士太郎が町方役人と見て取って一瞬、驚いたようだが、このあたりは町奉行所に近いせいもあって慣れているのか、すぐに人なつこい笑顔になった。

だしのいいにおいがする。空腹の富士太郎はかなりそそられた。ここで夕餉をすませてしまおうか、という誘惑に駆られる。だが、腰を落ち着けて蕎麦切りを食べている場合ではない。

奥から女房らしい女が出てきて、小腰を折った。

「これは八丁堀の旦那、いらっしゃいませ」

富士太郎は、黒光りする柱と高い天井にめぐらされた太い梁《はり》を見あげた。小上がりが四つに奥に座敷が二つあるようだ。掃除が行き届き、すっきりとした風がそっと抜けているような店である。

「いいお店だね」

富士太郎は思ったことを口にした。

「ありがとうございます。どちらでもお好きなところにお座りください」

女房が手を大きくひらくようにして指し示す。小上がりはすべてあいており、座敷も今はふさがっていない様子だ。

「いや、申しわけないんだけどね、ちょっと話をききたいだけなんだ」

富士太郎は、すまなさを面にあらわして女房にいった。女房は気を悪くしたふうではなかった。

「どのようなことでしょう」

人のよさげな笑みを浮かべてきいてきた。

「三日前の今頃のことなんだけど」

富士太郎は、なんとたずねるか店に入る前に決めていた。

「ちょっとどこか崩れたふうの男が来なかったかい」

「崩れたふうの男の人ですか。三日前の今頃に……」

女房が考えこむ。

「三日前ですか。この歳になると、なかなか覚えていないんですよね」

　苦笑を顔に刻んだ。

「おまえさんは若いよ」

　世辞ではなく富士太郎はいった。女房は頬にしわはあるものの、つやつやとして顔色がひじょうによい。

「三日前って、店の前で喧嘩《けんか》があったときじゃないのか」

　厨房から店主がいってきた。女房が亭主を振り向き、確かめる。

「あれが三日前だっけ」

「ああ、まちがいないよ」

　それをきいて、女房が富士太郎たちに向き直った。

「喧嘩というと」

　富士太郎は女房にすぐさま問うた。女房が軽く首をかしげる。

「いえ、たいしたことじゃないんですよ。私たちが仕込みをしている最中、昼間から酒を飲んだ者同士、肩がぶつかったの、ぶつからないので、取っ組み合いの喧嘩をおっぱじめたんですよ。お互いの仲間が止めに入って、たいしたことはなかったんですけど」

「なにごともなかったのなら、よかったね。そういうのが一番だよ」

富士太郎はほほえんで女房にいい、さらに付け加えた。

「三日前の客だけど、崩れてなくとも、目つきが異様に鋭かったとか、顔に刃物の傷跡があったとか、全身がすさんだ感じだったとか、なにか目についたことでいいんだよ」

富士太郎の助け船を得て、女房が形のよい顎をあげた。つんと突き出た高い鼻の穴が少しふくらんだ。

「八丁堀の旦那がおっしゃるような感じの人はいませんでしたけど、店に入ってきてもほっかむりを取らない男の人はいましたよ。ちょうど今ぐらいの頃合でしたね。お蕎麦を食べている最中もほっかむりを取らないんです。よっぽど顔を見せたくないんだな、と私は思いました」

そいつだね、と富士太郎は直感した。珠吉も横で、まちがいない、という表情になっている。

「その男はこの店には初めて来たのかい」

「ええ、初めてのお客さんでした」

「その男の顔は結局、見ていないのかい」

「はい、わざわざ見てやろうなんて真似はできませんから」

そうだろうね、と富士太郎はいった。

「その男はいくつくらいだったかな」

「はっきりとはわかりませんが、三十半ばというところではないでしょうか。お代のときに見たんですけど、意外にきれいな手をしていたんです。爪もきれいに切ってあって。男の人も四十になると、手はだいぶしわが深くなってきますからね。あのお客さんは四十にはまだ少し間があるという感じでしたね」

このあたりは、女らしい目の付けどころといってよいだろう。男ではなかなか気づかない点だ。これは、これからの探索にもきっと役立つにちがいない。

「ほかになにか気づいたことはないかい」

女房がすぐさま深くうなずいた。

「根付ですよ」

「根付だって」

富士太郎は前のめりになりかけた。珠吉も勢いこんだ顔をしている。なにしろ源助が握り締めていた般若の根付のこともあるのだ。その根付は、富士太郎の懐に大事にしまわれている。

「あのほっかむりのお客さん、ずいぶん立派な巾着《きんちゃく》を持っていたんですよ。甲州印傳《いんでん》の巾着でしょう。上等の鹿革にたっぷりと漆《うるし》が塗られている、そんな感じの黒い巾着でした。柄は瓢簞《ひょうたん》でしたね。小さな瓢簞の模様が一面にほどこされているんです。あのお客さん、その巾着に変わった根付をつけていたんですよ」

「変わった根付というと」

「それが、本当に変わっていたんですよ」

女房がまじめな顔でいう。

「なにしろ、熊が金太郎を踏んづけているんですから」

翌日、富士太郎は珠吉とともに根付職人を虱潰《しらみつぶ》しに当たりはじめた。

熊が金太郎を踏んづけている図という変わった根付は、腕のよい根付職人に特別にあつらえさせたものであろう、ということで富士太郎と珠吉の意見は一致した。根付をつくった職人が誰かわかれば、ほっかむりをしたまま蕎麦切りを食べた男にたどりつけるのではないか。

江戸に根付職人がどれだけいるか、富士太郎も珠吉も知らなかったが、般若の根付をつくった者を見つけようと次々に職人を当たっていったときには、思った以上にいることに驚かされたものだ。

般若の意匠《いしょう》は特段珍しくもなく、どの職人がつくったか、特定することはできなかったが、その経験が今回はひじょうに役に立った。

手こずるのではないか、との思いも富士太郎にはあったが、どこに根付職人が住んでいるか、そして腕がよいか、さほどでもないかということが、あらかじめわかっていたというのが最も大きく、富士太郎と珠吉は意外にあっさりと、熊が金太郎を踏んづけているという意匠の根付をつくった職人を見つけだすことができた。

仕事場を訪れた富士太郎が、熊が金太郎を踏んづけている根付をつくったことはないかい、とそれまで何度繰り返したかわからない台詞《せりふ》をいうと、ありますよ、とあっさりと答えたのである。

源助が殺された雑司ヶ谷の職人ということで富士太郎はかなりの期待をしていたが、その期待がうつつのものになって、内心は小躍りせんばかりだった。

根付職人は波八《なみはち》といい、五十をいくつかすぎた感じの男だった。雑司ヶ谷にある鬼子母神《きしもじん》の参道沿いの小さな一軒家に一人で住んでいた。

仕事場に机が一つあり、平刀、丸刀、三角刀などのさまざまな小さな道具が几帳面に並べられている。机の置かれた場所だけが二畳分ほど板敷きになっており、木くずが散らばっていた。

できあがったばかりらしい根付が机の端に置かれていたが、それは市松人形を模したものだった。

小指ほどに小さい市松人形だが、緻密で、富士太郎自身、こいつはおいらもほしいねえと強く思ったほどだ。事前にすばらしい根付職人であるのはわかっていたが、その評判は紛れもなく的を射たものだった。

「熊が金太郎を踏みつけているという根付だけど、注文の品だね」

上がり框《かまち》に腰かけて、富士太郎はたずねた。珠吉は土間に立ったままだ。

「はい、さようです」

少ししわがれた声で波八がいう。富士太郎は軽く咳払いしてから、たずねた。

「誰の注文だい」

「建吉《けんきち》さんといいましたかねえ」

「何者だい」

波八が首をかしげる。

「さあ、あっしにはわかりません」

「どんな風体《ふうてい》の男だい。どんな顔をしていたんだい」

波八が困った顔になる。

「いえ、なにしろつくったのがもう三年ばかり前のことですから、顔なんてろくに覚えていません。歳は三十をいくつかすぎた感じだったような気がするんですが、それ以上のことは思いだせません。すみません」

「いや、謝ることなんかないよ。しかし、三年か。そんなに前なのか……」

「ええ、さようで」

富士太郎は軽く息をついた。

「その男だけど、どこか崩れたような感じはなかったかい」

波八が小首をかしげて考えにふける。

「どうでしたかねえ。いわれてみればそんな気もしますね。確かにあまり雰囲気のよいお客ではなかったですよ。にこにこはしているんですけど、どこか目の奥が冷たくて、得体が知れないって感じはありましたね」

話しているうちに、なんとなく思いだしてはきたようだ。

「その建吉というのは、初めての客だったんだね」

「ええ、さようで。あっしはこれでもけっこう忙しいもので、だいぶ待ってもらったんですよ。待ちきれなかったのか、できあがりまで三度ばかり足を運んできた覚えがありますよ」

「値はいくらだったんだい」

「二両ですよ」

「それをぽんと払ったのかい」

「ええ、注文の際に」

「できあがったときではないんだね」

「ええ、さようで。ふつうは前金に半分、後金に残りの半分というふうにするんですけど、建吉さんは前金で全部払っていきましたね」

波八が、ふふ、と小さく笑いを漏らす。

「こういう人はたいてい、せっかちな人が多いんですよ」

なるほどね、と富士太郎は思った。わかるような気がする。

「その建吉だけど、住まいがどこか知っているかい」

「いえ、存じません。きく必要もなかったものですから」

「なにかちらっと住みかに通ずる言葉を口にしたことはなかったかい」

波八が、さあて、と考えこむ。

「なかったですねえ」

その後、富士太郎は忙しい波八に無理をいい、建吉の人相書を描いた。できあがったものは、いい出来とはいいがたかった。なにしろ手応えが感じられなかったのである。

波八も同じようで、自信はまったくなさそうな顔をしていた。

二

山形屋に以前、金吉という男が奉公していたことを、直之進は康之助からきいて知った。

しかし、金をちょろまかしていたのがばれ、康之助はすぐに馘にした。それがもう四年ばかり前のことだ。

金吉は人当たりもよく、いつも穏やかな笑みを浮かべていたのだが、それは仮面にすぎなかったらしい。心のなかでなにを考えているのか、わからないところがあった。使っていて薄気味悪さを感じたことは、一度や二度ではなかったそうだ。

放逐《ほうちく》できて、むしろ康之助はほっとしたそうだ。町奉行所に届けなかったのは、金吉の将来を考えてのことなどではなく、あとの報復が怖かったからだと康之助は語った。

金吉が火事で焼け死んだときいて、康之助は意外そうな顔をした。そういうしくじりで死ぬような男にはまったく見えなかったからである。

むしろ、大火に巻きこまれることがあっても、あの男だけは他人を犠牲にしてでも火事から逃れ出てくるのではないか。そんな狡猾《こうかつ》さと強《したた》かさを合わせ持つ男という思いを、康之助は抱いているそうだ。

西村京之助という明新鋭智流の道場主だった男も、康之助はよく覚えていた。考試を行って山形屋が選び抜いた用心棒ということで、ある商家の主人の警護に就いたのだが、酒を飲んで、仕事をしくじったのである。

ある夜、主人は寝間で眠っているところを襲われたのだが、そのとき京之助は隣の部屋でこっそりと酒を飲んでおり、すぐに駆けつけることができなかった。主人の悲鳴をきいて、まだ十七だったせがれが駆けつけ、忍びこんできた賊を追い払ったのだ。

せがれは剣術が大好きで、町道場に通っていたのだが、腕のほうは最も初等の免許状である切紙《きりがみ》でしかなかった。

山形屋の面目は丸潰れだった。それ以来、山形屋が京之助を用心棒として派遣することはなくなった。剣術の腕はいいが、同じしくじりをくり返すにちがいないと踏んだ康之助は、よその口入屋にも、用心棒として雇わないように回し文までした。

京之助は用心棒で生計を立てることはかなわなくなった。

京之助は根はまじめで誠実な人柄だったが、酒だけには勝てない男であるのを、康之助はその一件で見抜いた。京之助がまた用心棒をするのは勝手だが、次はきっと取り返しのつかないしくじりを犯すだろう。京之助は用心棒には不向きな人間なのだ。

しかし、京之助には病弱な若い妻がいる。薬代も必要だった。京之助には命の危険のない職に就いてほしいとの願いも康之助にはあった。

それで、康之助は京之助が二度と用心棒になれないように、手をまわしたのである。

ただ、それではあまりに無責任だった。康之助は知り合いの道場主に頼み、京之助を拾ってもらったのである。それが、明新鋭智流の前の道場主である明智三五郎だった。

誠実な人柄の京之助は用心棒よりも道場の師範代に向いており、三五郎もいい男に来てもらったと喜んでいた。その後、暮らしがすっかり落ち着き、京之助の妻の病も快方に向かい、女の子も生まれた。子のなかった三五郎の死後、その遺言にしたがって、京之助が明新鋭智流の道場主になった。

そのことを見届けて一安心した康之助は、その後の京之助のことをほとんど知らずにいた。京之助の消息はあまり気にかけなかった。元気にやっていると信じていたからだ。ときたま、京之助が誠実な顔つきで夢に出てくるくらいのもので、あまり思いだすこともなかった。

それにしても、まさか火事で京之助の妻と娘が死んだとは思いもしなかった。

康之助はそのことをひたすら悲しんでいた。

高崎という煮売り酒屋の結衣吉というあるじの話からして、京之助が康之助に対して逆《さか》うらみを抱いているのは明らかだった。妻と娘が焼け死んだのも、康之助のせいであると思っている。いや、そう思いこむことで、妻子を失った悲しみから逃れようとしているのかもしれない。

康之助を襲ってきた遣い手は、西村京之助であると考えて、もはやまちがいなかった。

いま直之進は康之助の警護を佐之助と琢ノ介に託し、京之助の行方を追っている最中である。

いったいどこに潜伏しているのか。

康之助を本気で殺すつもりでいたのなら、やはり相手の動きがつかみやすいところにいるはずだ。

これは佐之助の助言でもあった。確かにその通りで、直之進は山形屋のある日本橋小舟町の周辺で、京之助に関係している者がいないか、徹底して調べることにした。

山形屋をあとにするとき、今宵も寄合があります、と康之助からきかされた。あまり出かけないほうがいいのは確かだが、佐之助がいれば大丈夫だろう、と直之進は踏んだ。寄合の場所と刻限をきいて、山形屋をあとにした。

京之助に関係している者がいないか当たっていると、一人、これは、という者が見つかった。

考試に通ったことで山形屋の名簿に名が載り、そこから依頼主に派遣される用心棒の一人である。腕のよい若者で、名を立花信三郎《たちばなしんざぶろう》といった。

もともとは旗本の跡継だったが、勘定方だった父親が使いこみをしたことで立花家は取り潰しになり、一家は路頭に迷うことになった。

取り潰しになったあと父親はすぐに死に、母親もその一年後に病死した。そのときちょうど二十歳だった信三郎は自力で生計を立てなければならなくなった。

それで、山形屋が募っている用心棒になることを決意し、見事に考試にも通ったのだが、注目すべきは、十代の半ばの二年のあいだ、京之助が道場主をつとめる明新鋭智流の道場に通っていたことである。

立花信三郎は今も、西村京之助と浅からぬつながりがあるのではないか。信三郎は山形屋からほんの四町ばかりのところに、一軒家を借りている。

ほかに日本橋小舟町の周辺で、京之助に関係している者はいなかった。

京之助は、信三郎の家にひそんでいるのではあるまいか。

直之進は一人、足を向けた。

すでに日が暮れている。

あたりにほとんど人けはない。ときおり道を行くのは、居残り仕事に励んでいたらしい職人ふうの者、早くから飲んでいたのかすでにできあがっている者たち、提灯をぶら下げた辻駕籠くらいのものである。

信三郎の家には明かりが灯っている。それだけ見れば、外の冷たい風から守ってくれる、いかにもあたたかそうな家に見える。

あそこに京之助はいるのだろうか。

直之進ははす向かいの路地に身をひそめ、家をじっと見ている。気配を嗅ごうとしているのだが、どうも京之助らしい者がいるようには思えない。ときおり障子窓に影が映ることから、誰かいるのはわかる。だが、あれは信三郎ではないか。

京之助は不在なのか。まさか康之助を襲いに出たのではないだろうな。そうだとしても、康之助のそばには佐之助がいる。佐之助ならしくじるはずがない。自分がついているより、ずっと安心できる。

この路地にやってきて、すでに四半刻が経過した。いつまでも家を見つめているわけにはいかない。

直之進は足を踏みだした。路地を出た途端に強い風が吹きつけ、巻きついてくる。裾と袖に風が入りこみ、体を持ちあげようとする。

直之進はそれを無視して道を横切り、信三郎の家の前に立った。息を一度ついて、気持ちを落ち着ける。

西村京之助はいないかもしれないが、油断はできない。あの遣い手と対峙《たいじ》することになれば、命を落とすおそれもある。勝負はどちらに転ぶかわからない。

直之進は障子戸を軽く叩いた。なかからは意外に早く返事があり、長身の影が戸口に立った。誰何《すいか》する声もなく心張り棒がはずされ、からりと障子戸があいた。

「お帰りですか」

光右衛門のように顎ががっしりと張り、鼻が丸い男が顔をのぞかせた。これが立花信三郎にちがいあるまい。

柔和に細められた目が、直之進を認めるや一転、ぎろりとした目に変わった。眉を寄せ、厳しい瞳で見つめてくる。

「どなたかな」

声に凄みをきかせていた。

しかし、直之進には通じない。にこりとしてから、静かな口調で名乗った。

「湯瀬直之進どの……」

口にしてみたものの、信三郎はまったく覚えがないという顔だ。

直之進は用件を告げた。

「西村京之助どのに会いたいのだが」

信三郎は黙ったままだ。直之進は微笑してみせた。

「そうか、この様子ではいないようだな。どちらに行ったのかな」

信三郎はなにもいわず、ひたすら直之進をにらみつけている。

信三郎は、京之助がなにをしているのか知っている。

そう確信した直之進は、ここは一気に核心をつくべきだと決心した。

「よいか、西村京之助どのは過ちを犯している。山形屋は西村どのにうらまれる筋合いなど、一切ない」

康之助からきいた話を直之進は信三郎に打ち明けた。

みるみるうちに信三郎の顔色が変わった。

「それは、まことのことか」

喉の奥からしぼりだすようにきいてきた。直之進は深くうなずいた。

「まことのことだ。山形屋は西村どのを助けたんだ」

「そ、そんな……」

「西村どのはどこに行った」

この機を逃さず、直之進は鋭くいった。気圧《けお》されたように信三郎が一歩、下がる。

「それがわからぬのです。しばらく戻らぬといい置かれて、先生は出ていかれたのです」

「なにか行く先を示唆するような言葉を口にしてはいなかったか」

直之進にいわれて、信三郎が考えこむ。

「いえ、なにも」

直之進は信三郎を凝視した。心中でうなずく。目の前の男は嘘をついていないし、とぼけているようにも見えない。本当に京之助の行方を知らないのだ。

さて、どうするか。

直之進は表情にだすことなく、思案した。

頭に血がいかなくなったのか、いい考えが浮かんでこない。

西村京之助は、やはり山形屋に向かったのだろうか。

まさか店に押しこむつもりでいるのではないだろうな。

いや、それでは自死も同然であるのは、京之助もわかっているだろう。腕利きの用心棒が何人もそろっていることは、知っているはずなのだ。

しかも、そのうちの一人は掛値《かけね》なしの凄腕である。康之助を警護する佐之助の姿を、すでに目にしているはずだ。

となると、どこかに隠れひそみ、爪を研《と》いでいるのか。

それはいったいどこなのか。

信三郎に問いただしたところで、知っているはずがない。

直之進は大きく息を吐きだした。

「よいか、もし西村どのがここに舞い戻ってきたならば、今の俺の言葉を必ず伝えるんだ。それで西村どのの誤解はきっと解けよう」

直之進は信三郎に強い口調でいった。

「承知した」

信三郎が気圧《けお》されたようにうなずいた。

直之進に、もはや家探しをする気はなかった。この家に京之助はいない。

それにしても、うまくいかんな。

直之進には、やや焦りがある。京之助はとんでもないことをしようとしているのではないか。そんな気がしてならない。

少なくとも、こちらの予期するところをはるかに超えるなにかをしようとしているのではあるまいか。

そんな思いから、直之進はどうしても抜け出せない。

西村京之助を一刻も早く捜しださないと、とんでもないことが起きそうだ。

冷たい汗を背筋に感じつつ、直之進は信三郎の家をあとにした。

三

根付職人である波八の言をもとにつくった建吉の人相書は、これまで効力をまったく発揮していない。

富士太郎は珠吉と一緒に足を運んだ先々でさまざまな者に見せたが、誰も人相書の男を知らなかった。

しかし、これは十分にあり得ることで、富士太郎は予感していたから、落胆はほとんどなかった。

仮に人相書が本人そっくりに描かれていたにしても、こういうことは常に起こり得る。今回、まったく手応えがないのは、やはり人相書が似ても似つかないせいだろうと、富士太郎としても思わざるを得なかった。

だからといって、懐の人相書を捨てるわけにはいかない。今のところ、唯一の手がかりといっていいものなのだから。

しかし、人相書をたよりに捜すという手法を、このまま使い続けるわけにはいかないようだ。舵《かじ》を切り、方向を転じなければならなかった。

それにはどうすればよいか。

富士太郎は考えこんだ。

やはり元岡っ引である源助が扱った事件を一から調べ直すのが、最もいい手立てのように思えた。

最初は遠まわりに思えたが、今はこれがいちばん手っ取り早い方法ではないか。

そんな気がして、富士太郎はそのことを珠吉にいった。

「ええ、あっしはそれでいいと思いますよ」

珠吉が快諾してくれて、富士太郎はほっとした。

「もっともこれは、珠吉がいいだしたことだったね」

珠吉は微笑しただけで、なにもいわなかった。

富士太郎は、珠吉とともに町奉行所に戻った。珠吉を大門に待たせて、書庫に入る。

例繰方《れいくりかた》の高田《たかだ》観之丞《かんのじよう》という四十男に、元岡っ引の源助が扱った事件を調べてくれるように依頼した。

例繰方というのは、これまで起きた事件に歴代の町奉行がどんな裁きをくだしたかを調べる役目だ。それゆえにさまざまな過去の事件に通じている。源助の事件についても、自分で調べるより例繰方の力を借りたほうがずっと早い。

観之丞は四半刻ばかりで、あっさりといくつもの書類をだしてくれた。

富士太郎は、それに目を通すだけで十分だった。

探索の相手がいま三十半ばで江戸払いになった者と告げたこともあり、五つの事件が富士太郎の前にだされた。

掏摸《すり》が二人、ひったくりも二人、詐欺が一人というものだった。

手元の人相書にこの五人の人相を照らし合わせると、掏摸の一人と詐欺の男が似ているように思えた。

一人は鼻の横にいぼがあり、もう一人は左の頬に小さなほくろがあるのが特徴だった。

富士太郎は一応、五人すべての住みかだった場所を帳面に記した。観之丞に深く頭を下げて書庫をあとにした。

珠吉とともに、まずは鼻の横にいぼがある男のもとに行った。

この男は掏摸で、名は岩五郎《いわごろう》というが、あまり腕がよくなかったようで、七年前の時点で、すでに三度つかまっていた。それはまだ二十五のときだった。

掏摸は四度つかまると、死罪になる。江戸払いになったおかげで、かろうじて命を長らえた感じだった。

両親はとうに亡くなっていたが、弟が一人、健在だった。

富士太郎が感じた通り、岩五郎は源助につかまって江戸払いになり、いわば、そのおかげで死罪をまぬがれたようなものだ。源助は岩五郎のことを幼い頃から知っており、なんとか更生の道を探っていたらしい。

弟によると、岩五郎は江戸に舞い戻ってきてはいないと思うとのことだ。もし万が一帰ってきたなら、まっすぐに自分のところにあらわれるはずですから、と確信のこもった口調でいった。

弟が嘘をいっているようには思えなかった。

富士太郎と珠吉は、左の頬にほくろがある男のもとに行った。

こちらは鍵吉《かぎきち》といい、生きていれば三十四になっている男である。

詐欺ばかり繰り返していた男だった。田舎から出てきた江戸見物の者に、うまい店があるから江戸っ子の自分がおごろう、と誘って一緒に食べ、厠に行くといってそのまま姿を消すという手口のほかに、同じような江戸見物の者にやくざ者に因縁をつけさせて、それをものの見事に救って意気投合し、自分も田舎から出てきた者だからといってしばらく一緒に行動する。そのうち互いに気安くなり、鍵吉が金を貸してほしいと申し出る。いわれた側はこころよく貸すが、鍵吉は金を返すことなく姿を消してしまう。

鍵吉の住んでいたところに行ってみたが、鍵吉は天涯孤独の身で、今どうしているか知っている者はいなかった。

この男は相当怪しいね、と富士太郎はにらんだ。珠吉も同じ思いでいるのは、顔を見ずとも知れた。

一応、ほかの三人の男についても住みかだった場所を当たってみた。

いずれも肉親たちが健在で、誰もが、戻ってきていないと口をそろえた。どう見ても嘘はついていなかった。

鍵吉という男に的をしぼって、富士太郎と珠吉は探索をし直すことにした。

もちろん、与力の荒俣土岐之助から依頼された大工の秀五郎捜しも忘れたわけではない。だが、今は源助殺しをどうしても優先せざるを得ない状況だった。

その日は鍵吉捜しにかかりきりになった。

しかし、手がかりらしいものを得ることはできなかった。

いつしか珠吉の足どりが鈍ってきている。

「珠吉、疲れていないかい」

「あっしの身を気づかってくださるのは、うれしいんですがね、これしきのことで音をあげたりはしませんよ」

明らかに珠吉は強がっている。富士太郎は、珠吉の目の下にすりこんだように隈《くま》ができているのを見て取った。

「でもさ、珠吉。今日はこれまでにしようよ」

富士太郎は探索を切りあげた。

足を運ぶのも億劫になるほどの疲れを覚えて屋敷に戻った。

「お帰りなさいませ」

智代が笑顔で迎えてくれた。

座敷に腰をおろすと、目の前にあたたかな茶が出てきた。

喉越しのよい茶を喫《きっ》し、富士太郎の疲れは吹き飛んだ。

智代という女性がそばにいる。それだけで、こんなにくつろぐことができる。

富士太郎は、女の持つ偉大な力をあらためて知った気分になった。

母上は、とふと思った。智ちゃんに縁談の件、話したのだろうか。

そのことを考えただけで、富士太郎は胸がどきどきしてきた。ちらりと智代の顔を盗み見る。

だが、智代の表情はこれまでと変わらない。母上はまだ話していないのだろう。婚姻などは、よくよく筋を通さなければならない。手順を踏まないと、あとあとこじれることがままある。

母上としては、まずは智代の実家である一色屋に、仲人を通じて話を持っていこうとしているのかもしれない。

母上は、果たして誰を仲人にしようとしているのか。最も考えやすいのは、上司に当たる与力の荒俣土岐之助であるが、どうだろうか。

土岐之助ならば富士太郎もこの上なくうれしいし、喜んで引き受けてくれるのではあるまいか。母上もおいらと同様、土岐之助が仲人として最もふさわしいと考えているはずである。

「おかわりをお持ちしましょうか」

不意にやさしい言葉が耳に飛びこんできた。富士太郎は、はっとして顔をあげた。目の前に、智代の笑顔があった。

「ああ、頼んでもいいかい」

「もちろんです」

智代が長火鉢の上で湯気をあげている鉄瓶から、小さめの急須に湯を注ぎ入れる。しばらく待ってから、富士太郎の湯飲みに茶を注いだ。

「どうぞ」

「ありがとうね。智ちゃんがいれてくれたお茶が、この世で一番おいしいよ」

「本当ですか」

「おいらは嘘をつかないよ」

「うれしい」

智代は笑顔をみせたが、いつもよりも幾分か表情がかたいような感じを富士太郎は受けた。

目を凝らして智代を見直す。智代が柔和に目を細め、富士太郎を見つめ返す。

「あの、富士太郎さん、なにか」

「智ちゃん、どうかしたのかい」

「えっ、どうかとおっしゃいますと」

「心なしか、表情がこわばっているようだけど」

「えっ、本当ですか」

智代が両手で自分の頬を挟みこむ。

「いやなことなんかじゃないのに、どうしてこわばったりしたのかしら」

独り言を漏らすような口調でいって、智代が富士太郎を見やる。

「それよりも富士太郎さん、おなか、空いているんじゃありませんか。もう夕餉の支度はできているんですよ」

話をそらすというのではなく、夕餉を食しながら話の続きをするつもりなんだな、と富士太郎は察した。

「じゃあ、今からいただこうかな」

富士太郎は湯飲みを勢いよく傾け、熱い茶をごくりとやった。

「あっ、大丈夫ですか」

智代があわてる。富士太郎はなにごともなかったような顔で茶を飲み干し、湯飲みを静かに置いた。

「うん、へっちゃらだよ。ちっちゃい頃から熱いのはなんともないんだ」

富士太郎と智代は台所横の部屋に移った。智代が台所に降りてゆく。竈《かまど》の前に立ち、汁物をあたためはじめた。

「母上は召しあがったのかい」

富士太郎は智代に声をかけた。

「はい、先ほど」

智代が富士太郎を見て答える。

やっぱり母上は、智ちゃんにはなにもおっしゃっていないみたいだね。

気落ちするようなことではない。母上なりに考えがあってのことだろう。

待つほどもなく、湯気を立てた膳が富士太郎の前にもたらされた。腹の虫が鳴り、ごくりと唾が出た。

椀の蓋を取ってのぞきこむと、汁物は茄子《なす》の吸い物だった。おかずは、鰯《いわし》の丸干しが二本に湯豆腐、わかめの酢の物、香の物、梅干しというものである。

いただきます、と富士太郎はさっそく箸を取った。御飯は冷や飯だが、智代の炊き方がいいようで、甘みと粘りが強く、茄子の吸い物とよく合った。甘みのやさしい茄子は口に入れると、ほろほろと溶けていった。

「おいしいねえ」

「ありがとうございます」

智代が顔をほころばせる。

富士太郎は箸を進め、あっという間に平らげた。智代がいれた茶を喫する。

「ふう、落ち着いた」

手のひらで腹をさすったあと、富士太郎はすぐさま背筋を伸ばし、真剣な顔をつくった。

「待たせたね。智ちゃんの話をきかせてくれるかい」

はい、と智代が小さくうなずいた。いちど目を伏せてから、決意したように今度は大きく顎を上下させる。

「妹のことなんです」

智代には、ことのほかいとおしんでいる皆代《みなよ》という妹がいる。歳は智代の二つ下である。皆代も智代に劣らずかわいらしい顔立ちをしている。二人は評判の美人姉妹として、一色屋のある日本橋堀江町界隈の男たちの噂の的だ。

「皆ちゃんがどうかしたのかい」

富士太郎は静かな口調でたずねた。

「好きな人ができたようなんです」

「皆ちゃんは十六だね。年頃だから、好きな人ができてもおかしくはないけど、なにか気にかかるのかい」

「いえ、そういうわけでもないのですけど」

智代がすっと形のよい目をあげた。

「皆代がその人のことを本当に好きなら、嫁《とつ》がせてあげたいと思っています」

「相手がどういう人か、智ちゃんは知っているかい」

「いいえ、なにも」

「そうか」

なにげなく相づちを打って、富士太郎は重大な事実に気づいた。

もし皆代がよそに嫁したら、一色屋の跡を継ぐのは智代しかいなくなるのではないか。智代が婿を取るしかないのである。

富士太郎が、一色屋の婿に入るわけにはいかない。自分は樺山家の跡取りなのだから、この家で妻を迎え、子をなしてゆかねばならない。

誰が婿になるのか。取引先の者か。それとも、若くて有望な番頭が智代の亭主となるのか。なにしろ店には奉公人が五十人以上いる。番頭だけで七、八人はいるのではないか。跡継には事欠くまい。

そうか、そういうことだったのか。

ようやく思いが及んで、富士太郎は瞑目《めいもく》した。

智代が浮かない顔をしていたのは、このことにとっくに思い至っていたからだ。

どうすればいいんだろう。

富士太郎は目を閉じたまま考えた。だが、いい思案など浮かんでこない。

「あの、富士太郎さん」

智代の声がきこえた。富士太郎は目をあけた。

智代は微笑している。

「今すぐ皆代が嫁ぐなんてことはありませんから、そんなに思い悩まれることはありません」

今すぐではない、という言葉を耳にして、富士太郎は胸をなでおろした。問題を先送りにしたにすぎないが、今は智代を妻にできないということを考えずにすむのが、ありがたく思えた。

富士太郎は、智代がいれてくれた茶を黙ってすすった。

四

すっかり暗くなっている。

だが、京之助の行方について、直之進は手がかりをつかんでいない。

いったいどこにいるのか。

焦りの汗ばかりが頬を流れ落ちてゆく。

山形屋は大丈夫なのか。今夜の寄合がはじまるのは六つ半とのことだ。あとまだ半刻以上ある。

佐之助がいる。きっと大丈夫だ。

直之進は自らにいいきかせるが、不安の雲は心のうちでどす黒く広がってゆくばかりである。

行くべきか。今夜の寄合の場所は敷島《しきしま》という料亭だ。ここも日本橋にあり、山形屋からはそんなに遠くない。

この寄合は一月《ひとつき》も前に決まっていたというから、西村京之助が知っているおそれはひじょうに強い。

敷島で山形屋康之助を殺すつもりでいるのではあるまいか。

しかし、どうやって。

料亭に斬りこむような真似は、さすがにしないのではないか。

待ち伏せか。

それは十分に考えられる。

だが、敷島に入る前、佐之助がじっくりと調べるだろう。

いくら京之助が手練《てだれ》だとはいえ、どこにひそんでいようと、佐之助の目を逃れられるとは思えない。

直之進はどうすべきか、考えた。

しかし、いい案は浮かんでこない。

頭のめぐりの悪さをののしりたい気分だ。

敵を知らなすぎるからか。

考えてみれば、明新鋭智流がどんな剣を遣うのか、直之進は安芝菱五郎にきいただけで詳しいことはまだ知らない。柳生新陰流の流れで、闇討ちの剣があるというのが、わかっているくらいだ。

どこに行けばよいのか。

さっき行ったばかりだが、また立花信三郎の家に戻ることにした。

用心を重ねる。

自分がすべきはそれしかないのだ、と佐之助は思った。

西村京之助という男はいったいどんな手立てを用いてくるのか。あの湯瀬が不気味に感じているのはとても珍しいことだろう。やはり闇討ちの剣というのが、きいているのか。

闇討ちの場合、狙う側が有利であるのはまちがいない。ときも場所も選ぶことができる。

先ほど佐之助たちは山形屋を出た。もう夜はとっぷりと暮れている。前を行く琢ノ介がじろじろとあたりを行きかう者に鋭い目を当てている。提灯を持っているのは番頭の力造である。

佐之助の前を歩いているのが、山形屋康之助だ。怯えている様子は見えない。なかなか度胸は据わっている。このあたりはさすがに一代で山形屋という口入屋を築きあげただけのことはある。

倉田さま、と康之助が顔を向けて呼びかけてきた。

「じき敷島でございます」

「あとどのくらいかな」

「一町ばかりでございます」

「承知した」

ずっと気を張ってここまで来たが、これまでのところ、なにも気配や殺気は感じない。静かなものだ。

だが、敷島に近づくにつれ、佐之助の心はざわついてきた。

なにかが待っている。そんな気がしてならない。

佐之助は眉根を寄せた。京之助は敷島で待ち構えているのではないか。それしか考えられない。

行かないほうがいいというべきか。

そのほうがよさそうだ、と佐之助は思い、そのことを康之助に告げた。

康之助がやわらかくかぶりを振る。

「いえ、逃げるのはやめにいたしましょう。ここで決着をつけましょう」

覚悟を決めた口調でいった。

「西村さまならば、手前のいい分をしっかりとおききくださるはずにございます。逃げても、また同じことの繰り返しになるばかりにございますから」

確かに一理あった。ここで決着をつけてしまったほうがいい。それに、第三者である自分が説得すれば、京之助にわかってもらえるかもしれない。

訪《おとな》いを入れると、勢いよく障子が滑っていった。

戸口に立つ直之進を認めるや、信三郎がきいてきた。

「先生は見つかりましたか」

直之進はかぶりを振った。

「いや、まだだ」

信三郎がなにかききたげな表情をしたが、すぐさま手をあげて奥を指し示した。

「おあがりになりますか」

直之進は座敷に通された。先ほどは戸口での立ち話だったから、かなり待遇は改善された。このことになにか意味はあるのか。

信三郎が直之進の前に正座する。どこか心配そうな顔をしている。

「いま先生は、どこでどうされているのでしょう」

「それがしもそれを知りたい」

「あの、湯瀬どのといわれたが、山形屋の用心棒をされているのか」

「さよう」

「いかにも手練に見えるが、もしやこのあいだの先生の襲撃を阻まれたか」

「それが仕事ゆえ」

やはり、といって唇を嚙み、信三郎が力なくうなだれる。

「先生は、ことのほか悔しがってござった。なんとかしてあの用心棒を倒さなければ、山形屋の首を取れぬとおっしゃっていた。そのために、湯瀬どののことを知らねばならぬ、とも」

直之進は眉間にしわを寄せた。

「西村どのは、俺のことを調べているというのか」

「弱点を知りたいとおっしゃっていた。さすれば、必ず倒すことができると確信されていたようだ」

俺のなにを調べようというのか。弱点というと、なにになるだろうか。

頭に浮かんでくるのはおきくの顔だ。

だが、直之進には西村京之助がおきくを害するとは、どうしてか思えない。おきくをかどわかして人質にし、直之進を意のままに動かそうとするような男とも思えない。

京之助のことはよく知らないが、女を餌に直之進になにか策を仕掛けてくるような男には思えなかった。

そう考えるのは、甘いだろうか。

今すぐにでもおきくのもとに行き、無事を確かめるべきなのか。

気持ちとしては、そうしたい。いても立ってもいられない気分だ。実際に、直之進は腰が浮きそうになっている。

しかし、おのれの勘がその必要はないと告げている。これまでに、勘には助けられてきている。ここもそれにしたがうべきなのではないか。そのほうがよい結果が出るような気がする。

直之進は居住まいを正すと、気持ちを落ち着けた。

京之助の狙いがおきくでないとすると、なにか別のことということになる。

なにをされたら、自分にとって一番の弱みとなるか。

やはり、おきくを人質にされるのが最もいやだとしかいいようがない。

だが、京之助はその手を用いはしないだろう。

その点については、直之進はすでに確信している。

自らのことを他人が見るように冷静な目で見てみた。

心中で首をひねる。

今の暮らしがひじょうに充実していることもあるのか、直之進には自らの弱点となるようなものは思い当たらない。

この思いにまちがいはないか。

ぎゅっと唇を引き締めて直之進は薄汚れた天井をにらみつけ、もう一度おのれのことを振り返ってみた。

やはり、ないような気がする。

襲撃してきた京之助を怖れさせたらしい自分の強さというのは、なにも足りないものがないという満ち足りた生活を送っているからではないか。

ふだんの暮らしぶりが、剣に自然に出る。だからこそ、自らを厳しく律していかねばならない。

これは、沼里で通っていた道場の師範からことあるごとにいわれてきたことだ。それが完璧にできているとはいわないが、ようやく践行《せんこう》できつつある、なによりの証ではあるまいか。

あるいは、西村京之助は直之進の強さの源に気づいたかもしれぬ。いま直之進が山形屋康之助のそばを離れていることを、疑いようもなく京之助は知っているだろう。それを康之助襲撃の絶好の好機と見ているだろうか。佐之助の腕のすごさも感じ取っているかもしれないが、この機を決して逃さぬと決意しているのではあるまいか。

だが、なんの工夫もなく襲ったところでしくじりに終わることは京之助も熟知しているにちがいない。

明新鋭智流は柳生新陰流の分かれで、他流の剣にくらべ、闇討ちの技に抜きん出ていることがわかっている。

直之進も佐之助も知らない剣で、康之助を襲うつもりではあるまいか。

直之進は顔をあげ、目の前に座っている信三郎を見つめた。

「先生はとてもおやさしいお方なのです」

信三郎がうつむきつつ、言葉を口から押しだす。

「とても子煩悩《こぼんのう》で、一人娘の佳江《よしえ》ちゃんが生き甲斐だとまでおっしゃっていました。あの子が男の子だったら、どんなにすばらしいかと思わんでもないが、それはない物ねだりだから、いわんでおこう、わしの願いはあの子が幸せになることだけだ、ともおっしゃっていました」

信三郎が目を潤ませて、さらに続ける。

「ご内儀の輝江《てるえ》さんも、とても大事にしていらっしゃいました。妻のおかげで今のわしがあると、おっしゃっていたくらいですから。先生の留守中に隣家から火が出て、お二人が亡くなってしまったときのお嘆きようといったら、見ていられぬほどのものでしたよ」

「そういう人物が、今は復讐の鬼と化しているのか」

「ですので湯瀬どの、是非とも先生をおとめください。それがしもできる限りのことはさせていただくゆえ」

信三郎がこうべを垂れる。承知した、と直之進はいった。

「書物はないかな」

信三郎が目をあげる。

「書物というと」

かすれ声で返してきた。

「明新鋭智流について記されている書物があれば、見せてもらいたい」

「ああ、はい、何冊かあります」

信三郎が目尻をぬぐって立ちあがった。

「入門した際、よくよく目を通しておくようにと先生がおっしゃって、いただいたものがあります」

いったん部屋を出ていったが、すぐに四冊ばかりの書物を手に戻ってきた。

「こちらです」

直之進は、目の前にていねいに置かれた書物を手に取った。

『不変鋭明録《ふへんえいめいろく》』とある。著したのは、京之助夫婦を康之助の依頼で拾った前の道場主の明智三五郎である。

これには剣を用いるための精神について記されているようだ。

次の書物は『明智伝書《めいちでんしょ》』で、これは明新鋭智流ができあがった歴史について詳しく書かれていた。柳生新陰流についても触れられていた。

次に直之進が手にしたのは『雲間之月《うんかんのつき》』というものだ。

この書物は、明新鋭智流の剣技について図入りで説明がなされている。闇討ちの技についても詳述されていた。

直之進は熱心に目を通した。

忍びが用いるようなクナイの技も確かにあった。いくつかの技があるが、相手にクナイを飛ばしたと覚られないようにできるだけ手の動きを小さくし、音を立てないようにすることが、すべての技に共通していた。

直之進はさらに読み進めた。

——これか。

書物の中ほどまできたとき、息がとまるような思いがした。その記述に目が釘づけになる。

——平蜘蛛《ひらぐも》。

まちがいあるまい。京之助はこの剣で康之助を狙うつもりでいる。

確信を抱いた直之進は立ちあがった。

「先生はこの剣で山形屋を狙うおつもりなのか」

目を大きく見ひらいて、信三郎がきいてきた。

「まずまちがいない。ではこれで。世話になった」

直之進は信三郎への礼もそこそこに、家を飛びだした。

闇が渦を巻き、家々が夜の底にうずくまって息を詰めているような江戸の町を、料亭敷島に向かって駆けはじめた。

やつはどこにひそんでいるのか。

居場所を見つけださないことには、説得もなにもあったものではない。

敷島は黒で建物が統一されていた。渋さのなかにほんのりと明るさがにじみ出ており、女客にも評判のよさそうな料亭である。

寄合に使うのは離れということで、佐之助は門のところで立ちどまり、琢ノ介に離れを徹底して調べてくるようにいった。

琢ノ介はうなずき、離れに向かった。佐之助は琢ノ介の命の恩人といってよい。素直にいうことをきくのは、当然のことなのかもしれない。

自分が行って調べたいが、康之助のそばを離れるわけにはいかない。離れたら最後ではないか。そんな思いがある。

琢ノ介が黒の敷石を踏んで戻ってきた。かぶりを振ってみせた。

「誰もおらぬ」

「まちがいないか」

「ああ、天井裏も床下もとことん調べた。座敷にはまだ誰も来ておらぬ」

それは当然かもしれない。寄合は六つ半からの予定だが、まだ六つをそんなにすぎてはいないのだから。

「まいりましょう」

康之助が笑みを頬に刻んでいう。

佐之助は迷った。

前を見る。

庭に敷石が続き、立木がある。植え込みもある。灯の入った灯籠《とうろう》も立ち、淡い光を揺らめかせている。庭は一面の苔《こけ》で覆われており、これだけの庭を維持するのはとてもむずかしいだろうと佐之助に思わせた。

立木の上のほうを見やる。人が隠れているようには見えない。

闇討ちの剣というならば、意表を衝《つ》いてくるにちがいない。

やつはどこにいるのか。

やはり、離れか。

琢ノ介の姿を見てその場を離れ、いなくなったらまた戻ればよい。

西村京之助は離れにひそんでいるのか。

そういうことならわかりやすくて助かるが、そうではない、と勘が告げている。

となれば、どこなのか。

考えは堂々めぐりだ。

「まいりましょう、倉田さま」

しびれを切らしたように康之助がいった。

「わかった」

佐之助は刀の鯉口《こいぐち》を切って、康之助の前に出た。力造が康之助に従う。

琢ノ介にうしろを頼んだ。琢ノ介が承知したと答える。

佐之助は敷石をそろそろと進んだ。四方八方に目を配るような真似はしない。まっすぐ視線を据え、視野のなかで動く者を見つけだす。そのほうがずっとわかりやすい。

離れまではおよそ半町。築山《つきやま》の横に建っている。

最初の十間はなにごともなかった。あと二十間ばかり。

次の十間も大丈夫だった。

それからさらに五間進んだ。

あと五間。離れはもうすぐそこに見えている。

そのとき、足もとの植え込みのそばの苔がわずかに動いたように見えた。

——そこか。

慄然として佐之助は覚り、刀を抜いた。

地面がかすかに盛りあがり、そこから刀が突きだされた。刀尖《とうせん》はまっすぐ康之助に向かっている。

佐之助はまずい、と思いつつ、康之助の前に体を入れようとした。

間に合わぬか。

すでに相手の刀尖は康之助の体に突き刺さろうとしている。

佐之助は自らの刀を相手の刀に叩きつけた。がきん、と強烈な手応えがあった。

「ああっ」

血しぶきがあがり、康之助がのけぞる。

「旦那さま」

うしろから力造が抱える。

佐之助は康之助を見ている余裕がなかった。がばっと土が盛りあがり、影が立ちあがったからだ。

土を投げつけてきた。目つぶしだ。とっさに佐之助はよけたが、その隙に京之助と思える男は康之助に突進してゆく。覆面をせず、もはや正体を隠そうとはしていなかった。決着をつける、京之助のなみなみならぬ覚悟が感じられた。

佐之助は京之助の背中に斬撃を見舞った。殺すつもりはなかったが、必殺の気合はこめた。そうしないと、斬撃が甘くなる。生ぬるい攻撃では京之助にたやすく避けられ、康之助が殺《や》られてしまう。

刀が康之助を害するより先に、佐之助の刀が自分に届くことを覚った京之助が体をねじる。佐之助の刀は京之助の体をかすめ、ぎりぎりで横を抜けていった。

京之助がこちらを振り向く。真夏の太陽を映じたかのように、目がぎらぎらと燃えていた。

「山形屋を逃がせっ」

佐之助は叫んだ。

その声を受けて、刀を構えた琢ノ介が京之助の前に立ちふさがり、力造に向かって大声を発した。

「あるじどのを外に連れてゆけ」

「しょ、承知いたしました」

震える声で答えた力造が脇の下から手を差しこみ、康之助の体を抱えあげる。まいりましょう、と康之助をうながした。主従二人して敷石の上を、先ほどぐぐったばかりの門に向かってよろよろと進んでゆく。康之助の体から血は流れ続けているのだろうが、傷は浅いはずだ。

京之助はそちらを気にし、ちらりと視線を投げた。

佐之助はその機を逃さず、康之助は京之助にとって恩人であることを告げようとした。

だが、それを逆に隙と見たか、京之助が躍りかかってきた。佐之助を倒しさえすれば、門外に逃げようとしている康之助は始末できると踏んだようだ。

上段から刀が振りおろされる。そこまではわかったが、不意に佐之助の視界から京之助の刀が消え失せた。佐之助が目にしたのは、京之助が刀を握る手を軽くひねったのが最後だった。

これも明新鋭智流の闇討ちの剣の一つにちがいない。

変化させるつもりか。

佐之助は一歩下がり、京之助の刀がどこを狙うか、見極めようとした。

下から剣気がわきあがってきた。佐之助は完全に京之助の間合に入っていた。

佐之助は体をのけぞらせ、京之助の刀をよけた。

顎をかすめるように刀が通りすぎてゆく。京之助の体がはっきりと佐之助の目に映りこんだ。佐之助は反撃に移ろうとした。こちらから激しく攻撃し、京之助の攻勢を黙らせるのがまず先だと判断した。

だがそのとき、京之助の右手がなにか妙な動きをした。かすかに指を弾くような音が耳に届く。

――クナイだ。

佐之助は直之進が、明新鋭智流にはクナイがあるといっていたのを思い起こした。体をひらいてかわす。

さっと京之助が身を返した。今度は琢ノ介に向かってゆく。いや、狙いは琢ノ介ではない。康之助だ。

康之助と力造はまだ門を出ていない。のろのろと亀のような歩みで門に向かっている。

刀を正眼に構えて後ずさる琢ノ介に、京之助の斬撃が見舞われる。袈裟斬りだ。

琢ノ介が刀で弾き返そうとするが、その動きは京之助には日に照らされているようにはっきりと見えていることだろう。

「胴だっ」

佐之助は琢ノ介に向かって叫んだ。次の瞬間、京之助の刀は胴に変化した。大声を発した佐之助の狙いは琢ノ介に太刀筋を教えるというよりも、それを耳にした京之助の心に迷いが生じ、少しでも刀が鈍くなればとの思いからだった。

果たしてその狙いが当たったものかどうか、とにかく、がきんと刀と刀がぶつかり合う音が闇に響き、琢ノ介がかろうじて京之助の刀を受けとめたのが知れた。

しかし、京之助の斬撃の威力は強烈だったようで、琢ノ介の体がぐらりと揺れた。琢ノ介がたたらを踏む。あわてて体勢を立て直そうとするが、佐之助から見てもその姿は隙だらけだった。

京之助がさらに上段から刀を見舞う。琢ノ介を容赦なく殺す気でいる。京之助の執念が大気を震わせて伝わってきた。

危ないっ。

佐之助は思ったが、こちらの刀は間に合わない。

あえなく斬られるかに見えた琢ノ介だったが、体をこんにゃくのようにくにゃりと折り曲げてみせた。髷を飛ばしかねない勢いで刀が頭上を通りすぎてゆく。

必殺の思いをこめた刀が空を切って、さすがの京之助も驚いたようだ。その間隙を縫って琢ノ介が体勢を立て直して刀を構え、さらに袈裟斬りに京之助の背中を斬り割ろうとした。

琢ノ介の横をすり抜け、康之助に追いすがろうとしていた京之助だったが、その斬撃の気配を覚ってくるりと振り向かざるを得なかった。刀を振るって、琢ノ介の刀をはねあげる。

琢ノ介は京之助の胴を狙っていった。京之助が半身になってそれをかわす。琢ノ介が京之助の脇を走り抜けた。こちらに向き直る。すでに康之助を守る姿勢を取っている。

こんなときだが、ほう、と佐之助の口から嘆声が漏れた。このあたりは、さすがに琢ノ介といってよい。伊達に何度も修羅場をくぐり抜けていない。生きるための勘働きは、すばらしいの一語に尽きるし、依頼主を守るためには命を捨ててもかまわないという気迫に満ちている。

こういう覚悟があるからこそ、琢ノ介は今も生きていられるのだ。もし死にたくないなどという気持ちがはたらいたら、そのときが琢ノ介の最期だろう。だが琢ノ介ならば、用心棒仕事をしている間は、依頼主のために命を捧げるという気持ちを失うことはまずあるまい。

佐之助に背中を見せて、京之助が立ちどまる。康之助主従が門にたどりつく。それを守るように琢ノ介が京之助に刀尖を向けつつ、じりじりと後ずさりする。十分に安全な距離をとったと判断したか、康之助たちは門を出ずこちらをうかがっている。

佐之助は、京之助がどうするか迷ったのを見て取った。この機を逃さず康之助を討ち取るか。それとも、機会をあらためるか。

「西村京之助っ」

佐之助は鋭い声を放った。

「もうあきらめろ」

「なにをいうか」

佐之助を振り向いて、京之助が吠える。

「やつは妻子の仇よ。討たぬわけにはいかぬ」

ぎらりと目を光らせ、康之助めがけて走りだす。

そのときにはもう佐之助も駆けだしていた。京之助が間合に入る。広い背中に振りおろしを見舞った。今回も、殺してもよいという気迫を刀身に注ぎこんだ。

その気迫が伝わったようで、京之助が横に跳んで佐之助の刀をかわした。こちらに向き直る。相変わらず目だけが別の生き物のようにぎらぎらしている。

しかし、これで大丈夫だと佐之助は思った。説得ができる。琢ノ介に目を向けると、すでに康之助たちのそばで刀をかまえている。

それでも、京之助はなおもあきらめることなく、攻撃に出ようとしている。その気配が浮き彫りになったように伝わってきた。

「待て、話がある」

佐之助は刀尖で京之助の動きを押さえた。京之助がぴくりとする。瞳が、今さらなんの話だといいたげだ。

佐之助は口をひらいた。

これまでどのようなことが康之助によって行われ、それによって京之助がいかに助けられたかを滔々《とうとう》と述べ立てた。

話が進むうちに、京之助の体から力が抜けてゆき、殺気は徐々に弱いものになっていった。

「嘘だ」

ぽつりとつぶやくようにいった。すでに刀尖は下に垂れそうになっている。

「嘘ではない」

佐之助は京之助にいった。

「刀を引け」

「しかし」

「恩人を殺すつもりか」

「恩人……」

京之助が立ちすくみ、呆然と康之助を見やる。ぎらぎらとした目の光は、もうどこを探してもなかった。

京之助が刀を投げ捨てた。静寂にひびを入れる音が立った。

「山形屋どの、まことに申しわけないことをした」

頭を深く下げた。

いきなり腰の脇差を引き抜いた。

腹に突き立てる。

あまりに突然で、佐之助にとめる手立てはなかった。

「すまぬ、許してくだされ」

京之助は両膝をつき、血を塗ったように充血した目で康之助をじっと見ていた。

やがてその目から光が消え、京之助は前のめりに倒れた。

すでに息はなかった。

あまりに潔い死だった。

佐之助は言葉がなかった。琢ノ介も康之助も力造も声を失っている。ただ立っているだけだった。

そこに足音が響き、直之進が駆けこんできた。

京之助の骸《むくろ》を見て、なにが起きたのか、覚った顔になった。

大きく息をついたのは、康之助が生きていることに喜びを覚えたのか、それとも、京之助の死がつらかったゆえなのか。

佐之助も知らず深いため息を漏らしていた。

五

敷石を静かに踏む音が、富士太郎の耳にそっと入りこむ。

大きくひらかれた門の手前で、富士太郎は体ごと振り返った。

「じゃあ、行ってくるよ」

見送りに出てきた智代にいった。

「はい、行ってらっしゃいませ。お気をつけて」

智代が深く頭を下げる。かわいらしい笑顔が視野から消えたが、すぐさま眼前に戻ってきて富士太郎は心が弾んだ。自然に笑顔になっている。智代がそばにいると、出仕前だというのに、とてもくつろげる。

いつまでも智代の顔を見つめていたかったが、そういうわけにはいかない。遅刻してしまう。

きびすを返す前に、富士太郎は玄関のほうに視線を投げた。

母の田津は外に出てこない。智代の前では、まだ芝居を続けているのだ。せがれのために智代をだましたことは紛れもない。さすがにばつの悪さがあるのかもしれない。

智代への未練を振り切るように、ぐいっと勢いよく体をまわし、富士太郎は門を出た。途端に、湿気をたっぷり含んだ風がまとわりついてきた。黒と灰色が混じった厚い雲が空をどんよりと覆い、太陽は姿を見せていないが、今朝は妙に蒸している。

富士太郎は振り返った。

門のところにまだ智代がいる。まるで日がそこだけ射しこんできているかのように、光り輝いて見える。富士太郎と同じようにこれから町奉行所に出仕をする者たちに見えないように、智代が遠慮がちに手を振ってきた。

ああ、かわいいなあ、と富士太郎は胸が熱くなった。駆け戻って抱き締めたくなったが、もしそんなことをして見咎められたら、智代は樺山屋敷にはいれらなくなってしまうだろう。智代とはそれきりになってしまうにちがいない。

男女間におけるそのようなことは、ことに武家のあいだでは人倫、道義に外れたこととされ、ときに処分されることもある。江戸に幕府がひらかれた当初は今よりもずっと処罰は厳しく、切腹を言い渡されたこともあったようだ。

富士太郎は智代に小さく手を振り返した。それが今できる精一杯のことだったが、智代が満面の笑みになったのが一目で知れた。それだけで富士太郎は満足だった。これで道を急ぐことに専念できる。

やがて町奉行所が見えてきた。

富士太郎は大門の下から詰所への出入口に身を沈めた。

詰所で同僚たちと朝の挨拶をかわし、簡単な書類仕事をこなしてから、再び大門の下に出た。

すでに珠吉が待っていた。富士太郎は明るく、おはようといった。

おはようございます、と珠吉が返してくる。声に張りがある。顔色もよい。肌につやもある。珠吉は昨日の疲れを残しておらず、健《すこ》やかそうに見えた。

実にいいことだね、と富士太郎はうれしく思った。

「旦那、今日も顔色がいいですねえ」

珠吉がにこにこしていった。

「そうかい」

富士太郎はつるりと顔をなでた。珠吉がしきりに首を振る。

「智代さんは、まったくすごい力を持っていますねえ」

「まったくだよ」

富士太郎は深くうなずいた。

「おいらも心からそう思うよ」

「ほんと、いい娘さんですからねえ」

「うん、得がたい娘《こ》だよねえ」

すぐに富士太郎は顔を引き締めた。

「でも、いつまでも智ちゃんのことばかりいってはいられないよ。例の鍵吉をきっと捜しだすからね」

さいですね、と珠吉が同意を示す。

「それで旦那、どういうふうに鍵吉を捜しだしますかい」

「そいつなんだけどね」

富士太郎は懐から般若の根付を取りだした。

「おいらはこいつが気になっているんだよ」

「あっしもですよ。やはり、殺された源助さんが握り締めていた代物ですからね、意味がないはずがないんですよ。また根付職人を当たりますかい」

富士太郎は首を振った。

「般若の根付は珍しくないからね、やっぱり前にもいったとおり、こいつをつくった職人を探しだすのはまず無理だろうね。この根付の謎は、調べを進めるうちに、追い追いわかってくるんじゃないかね。それをおいらは今のところ期待しているんだよ」

なるほど、と珠吉が相づちを打つ。

「根付職人でないとしたら、どこを当たるつもりなんですかい」

「鍵吉は詐欺師だったね」

「ええ、騙りを生業《なりわい》としていた男です。騙りを重ねて源助さんにつかまっては解き放ちを繰り返し、いずれこのままでは死罪になると目されていました。それを源助さんが江戸払いですます算段をつけたんですよ」

「鍵吉が源助さん殺しの犯人だとした場合、鍵吉はうらみを抱いていたことにならないかな」

いわれて珠吉が考えこむ。

「江戸払いになったことを、鍵吉が逆うらみしていたってことですかい」

「うん、そうだよ。源助さんの温情とは取らず、江戸を追放されたことをうらんでいた」

「十分に考えられますね」

「珠吉にそういってもらえると、力がわいてくるよ」

富士太郎は力こぶをつくってみせた。

「おいらとしては鍵吉をとっつかまえるのに、まずは人となりを知りたいと思うんだよ。それがわかれば、鍵吉がどういうところが好きで、どういうところに出入りするか、わかるじゃないか」

「ええ、さいですね。そういうところに網を張ればいいっていう寸法ですね」

「うん、そういうことだよ」

珠吉の目が先をうながしている。富士太郎は軽く咳払いをした。

「珠吉にさ、心当たりはないかな」

珠吉は、なんの心当たりですかい、とはきき返してこなかった。すぐに合点《がてん》した表情になった。

「ありますよ。旦那は鍵吉のことを知っていそうな詐欺師の心当たりがないか、きいたんですよね」

「そうだよ。さすが珠吉だね」

「いや、別にほめられるようなことじゃ、ありませんや」

珠吉がすぐに言葉をつなぐ。

「その男が鍵吉のことを知っているかどうか、わかりませんが、詐欺のことに関しては詳しい男ですよ」

「名は」

「旦那は口が裂けてもいわないでしょうけど、他言無用に願いますよ。才蔵《さいぞう》といいます。元詐欺師ですよ」

才蔵はかなりの年寄りだった。もう七十をとっくにすぎているだろう。八十に近いかもしれない。

広い一軒家に若い女と一緒に住んでいた。

富士太郎たちは風通しのよい座敷に通された。才蔵は浪人のような着流し姿だった。

鍵吉ときいて、才蔵はしわ深い顔にさらにしわを寄せた。

「あまり思いだしたくない男ですね」

しわがれた声でいう。苛立たしげな顔で、煙管《きせる》を長火鉢に叩きつけた。

「どんな男なんだい」

「あまり関わりたくない男ですよ」

顔をゆがめていった。

「あの男に関わるのなら、旦那たちも覚悟をしたほうがいい」

富士太郎と珠吉は次の言葉をじっと待った。

「やつはとにかく得体《えたい》が知れねえ。やつはね、旦那」

底光りする目で才蔵が富士太郎を見つめてきた。

「今日の空模様みたいなもんでさあ。冬も近いっていうのに、妙に生あたたかくて蒸し蒸ししていやがる。そんな薄気味悪い男なんですよ。まとわりつかれたら、心底、いやでしょう」

富士太郎はさすがにぞっとした。

だが、負けてはいられない。

才蔵の言葉をきいて、逆に闘志がわいてきた。珠吉も同じような顔をしている。

富士太郎は、鍵吉を必ず引っ捕らえてやるとの思いを新たにした。

六

「よい人を紹介していただきました」

左の頬にほくろのある男が、一色屋のあるじである順左衛門《じゅんざえもん》の前にかしこまっている。

日本橋堀江町にある一色屋は大店の呉服屋で、智代の実家である。

「まこと、このようなすばらしい料理人を手前がもらい受けてもよろしいのでございますか」

「もちろんでございますよ」

知り合いの大店のあるじである草薙屋《くさなぎや》重三《じゅうぞう》がゆったりとした笑みを浮かべる。

「どうぞ、どうぞ。手前よりも舌の肥えた一色屋さんで包丁の腕を振るったほうが、この建吉もうれしいでしょう」

建吉と呼ばれた料理人は、人のよさげな笑顔を向けてきた。にこにこしており、とても人当たりもよさそうだ。

この男なら心のこもった料理をつくってくれるにちがいない、と一色屋のあるじは思った。これから、おいしい料理を毎日食べられる。家人も喜ぶだろう。

順左衛門は、草薙屋の好意に感謝し、深く頭をさげた。

そのとき料理人が順左衛門にちらりと目をやり、かすかにほくそ笑んだのを、人のよいあるじが気づくことはなかった。

この作品は双葉文庫のために書き下ろされました。

双葉文庫

す-08-18

口入屋用心棒《くちいれやようじんぼう》

平蜘蛛《ひらぐも》の剣《けん》

2011年 2月13日 第1刷発行
2021年12月24日 第5刷発行

【著者】
鈴木英治《すずきえいじ》

【発行者】
箕浦克史
【発行所】
株式会社双葉社
〒162-8540 東京都新宿区東五軒町3番28号
［電話］03-5261-4818（営業部） 03-5261-4833（編集部）
www.futabasha.co.jp（双葉社の書籍・コミックが買えます）
【印刷所】
株式会社新藤慶昌堂
【製本所】
株式会社若林製本工場
【カバー印刷】
株式会社久栄社
【フォーマット・デザイン】
日下潤一



ISBN978-4-575-66483-6 C0193
Printed in Japan

秋山香乃　からくり文左　江戸夢奇談
風冴ゆる
長編時代小説
〈書き下ろし〉
入れ歯職人の桜屋文左は、からくり師としても類まれな才能を持つ。その文左が、八百八町を震撼させる難事件に直面する。シリーズ第一弾。

秋山香乃　からくり文左　江戸夢奇談
黄昏に泣く
長編時代小説
〈書き下ろし〉
文左の剣術の師にあたる徳兵衛が失踪した日の夕刻、文左と同じ町内に住む大工が、酷い姿で堀に浮かぶ。シリーズ第二弾。

秋山香乃　伊庭八郎幕末異聞
未熟者
長編時代小説
〈書き下ろし〉
心形刀流の若き天才剣士・伊庭八郎が仕合に臨んだ相手は、古今無双の剣士・山岡鉄太郎だった。山岡の〝鉄砲突き〟を八郎は破れるのか。

秋山香乃　伊庭八郎幕末異聞
士道の値《あたい》
長編時代小説
〈書き下ろし〉
江戸の町を震撼させる連続辻斬り事件が起きた。伊庭道場の若き天才剣士・伊庭八郎が、事件の探索に乗り出す。好評シリーズ第二弾。

秋山香乃　伊庭八郎幕末異聞
櫓《ろ》のない舟
長編時代小説
〈書き下ろし〉
サダから六所宮のお守りが欲しいと頼まれ、府中まで出かけた伊庭八郎。そこで待ち受けていたものは……!?　好評シリーズ第三弾。

池波正太郎
熊田十兵衛の仇討ち
時代小説短編集
熊田十兵衛は父を闇討ちした山口小助を追って仇討ちの旅に出たが、苦難の旅の末に……。表題作ほか十一編の珠玉の短編を収録。

池波正太郎
元禄一刀流
時代小説短編集
〈初文庫化〉
相戦うことになった道場仲間、一学と孫太夫の運命を描く表題作など、文庫未収録作品七編を収録。細谷正充編。

風野真知雄
若さま同心 徳川竜之助
消えた十手
長編時代小説〈書き下ろし〉
市井の人々に接し、磨いた剣の腕で悪を懲らしめたい……。田安徳川家の十一男・徳川竜之助が定町回り同心見習いへ。シリーズ第一弾。

風野真知雄
若さま同心 徳川竜之助
風鳴《ふうめい》の剣
長編時代小説〈書き下ろし〉
見習い同心の徳川竜之助は、湯屋で起きた老人殺しの下手人を追っていた。そんな最中、竜之助の命を狙う刺客が現れ……。シリーズ第二弾。

風野真知雄
若さま同心 徳川竜之助
空飛ぶ岩
長編時代小説〈書き下ろし〉
次々と江戸で起こる怪事件。事件解決のため、日々奔走する徳川竜之助だったが、新陰流の正統をめぐって柳生の里の刺客が襲いかかる。

風野真知雄
若さま同心 徳川竜之助
陽炎の刃《やいば》
長編時代小説〈書き下ろし〉
犬の辻斬り事件解決のため奔走する同心、徳川竜之助を凄まじい殺気が襲う。肥前新陰流の刺客が動き出したのか……？ 大好評シリーズ第四弾。

風野真知雄
若さま同心 徳川竜之助
秘剣封印
長編時代小説〈書き下ろし〉
スリの大親分さびぬきのお寅は、ある大店の主の死に不審なものを感じ、見習い同心の徳川竜之助に探索を依頼するが……。大好評シリーズ第五弾。

風野真知雄
若さま同心 徳川竜之助
飛燕《つばくろ》十手
長編時代小説〈書き下ろし〉
江戸の一石橋で雪駄強盗事件が続発した。履き古された雪駄を、なぜ奪っていくのか？ 竜之助が事件の謎を追う！ 大好評シリーズ第六弾。

風野真知雄
若さま同心 徳川竜之助
卑怯三刀流
長編時代小説〈書き下ろし〉
品川で起きた口入れ屋の若旦那殺害事件を追う竜之助。その竜之助を付け狙う北辰一刀流の遣い手が現れた。大好評シリーズ第七弾。

風野真知雄
若さま同心　徳川竜之助
**幽霊剣士**
長編時代小説〈書き下ろし〉

蛇と牛に追い詰められ、橋の欄干で首を吊る怪事件が勃発。謎に迫る竜之助の前に、刀を持たずに相手を斬る〝幽霊剣士〟が立ちはだかる。

風野真知雄
若さま同心　徳川竜之助
**弥勒《みろく》の手**
長編時代小説〈書き下ろし〉

難事件解決に奔走する徳川竜之助に、「人斬り半次郎」と異名をとる薩摩示現流の遣い手中村半次郎が襲いかかる。大好評シリーズ第九弾。

風野真知雄
若さま同心　徳川竜之助
**風神雷神**
長編時代小説〈書き下ろし〉

左手を斬り落とされた徳川竜之助は、さびぬきのお寅の家で治療に専念していた。それでも、持ち込まれる難事件に横臥したまま挑む。

風野真知雄
若さま同心　徳川竜之助
**片手斬り**
長編時代小説〈書き下ろし〉

竜之助の宿敵柳生全九郎が何者かに斬殺され、示現流の達人中村半次郎も京都へ戻る。左手の自由を失った竜之助の前に、新たな刺客が!?

風野真知雄
若さま同心　徳川竜之助
**双竜伝説**
長編時代小説〈書き下ろし〉

師匠との対決に辛勝した竜之助だが、風鳴の剣はいまだ封印したまま。折しも、易者殺しの下手人に、土佐弁を話す奇妙な浪人が浮上する。

坂岡真
照れ降れ長屋風聞帖
**大江戸人情小太刀**
長編時代小説〈書き下ろし〉

江戸堀江町、通称「照れ降れ町」の長屋に住む浪人、浅間三左衛門。疾風一閃、富田流小太刀の妙技が人の情けを救う。シリーズ第一弾。

坂岡真
照れ降れ長屋風聞帖
**残情十日の菊**
長編時代小説〈書き下ろし〉

浅間三左衛門と同じ長屋に住む下駄職人の娘に舞い込んだ縁談の裏に、高利貸しの暗躍が。富田流小太刀で救う江戸模様。シリーズ第二弾。

坂岡真
**照れ降れ長屋風聞帖 遠雷雨燕《えんらいあまつばめ》**
長編時代小説〈書き下ろし〉
孝行者に奉行所から贈られる「青緡五貫文」。そのために遊女にされた女が心中を図る。裏には町役の企みが。好評シリーズ第三弾。

坂岡真
**照れ降れ長屋風聞帖 富《とみ》の突留札《つきどめふだ》**
長編時代小説〈書き下ろし〉
突留札の百五十両が、おまつ達に当たった。用心棒を頼まれた浅間三左衛門は、換金した帰り道で破落戸に襲われる。好評シリーズ第四弾。

坂岡真
**照れ降れ長屋風聞帖 あやめ河岸**
長編時代小説〈書き下ろし〉
浅間三左衛門の投句仲間で定廻り同心に戻った八尾半四郎が、花魁・小紫にからんだ魚問屋の死の真相を探る。好評シリーズ第五弾。

坂岡真
**照れ降れ長屋風聞帖 子授け銀杏《いちょう》**
長編時代小説〈書き下ろし〉
境内で腹薬を売る浪人、田川頼母の死体が川に浮いた。事件の背景を探る浅間三左衛門の怒りが爆発する。好評シリーズ第六弾。

坂岡真
**照れ降れ長屋風聞帖 仇《あ》だ桜**
長編時代小説〈書き下ろし〉
幕府の役人が三人斬殺されたが、浅間三左衛門には犯人の心当たりがあった。三左衛門の過去の縁に桜花が降りそそぐ。好評シリーズ第七弾。

坂岡真
**照れ降れ長屋風聞帖 濁り鮒《ぶな》**
長編時代小説〈書き下ろし〉
出産を控えたおまつに頼まれ、三左衛門は大店に嫁いだ汁粉屋の娘おきちの悩み事を解消するために動き出す。好評シリーズ第八弾。

坂岡真
**照れ降れ長屋風聞帖 雪見舟**
長編時代小説〈書き下ろし〉
元会津藩の若き浪人・天童虎之介に、己の若き日の姿を見た浅間三左衛門。虎之介とともに会津へ向かう。大好評シリーズ第九弾。

坂岡真

照れ降れ長屋風聞帖

散《ち》り牡丹《ぼたん》

長編時代小説〈書き下ろし〉

三左衛門の住む長屋の母娘を助けたことで、江戸中で評判になった陰陽師。しかし、その男には世間を欺く裏の顔があった。大好評シリーズ第十弾。

坂岡真

照れ降れ長屋風聞帖

盗賊かもめ

長編時代小説〈書き下ろし〉

神田祭りの裏で暗躍する盗賊。だが、その上前をはねる賊の存在が。天童虎之介が知り合った仏具商の裏の顔とは……。大好評シリーズ第十一弾。

坂岡真

照れ降れ長屋風聞帖

初鯨《はつくじら》

長編時代小説〈書き下ろし〉

三左衛門が釣りの最中に見つけた浪人の屍骸。その袂から出てきたのは、娘のために買ったらしい小さな雛人形だった。好評シリーズ第十二弾。

坂岡真

照れ降れ長屋風聞帖

福来《ふくらい》

長編時代小説〈書き下ろし〉

隠密同心の雪乃が、深川三十三間堂の通し矢競べの射手に選ばれた。様々な思いを胸に、雪乃は矢を射る。大好評シリーズ第十三弾。

坂岡真

照れ降れ長屋風聞帖

盆の雨

長編時代小説〈書き下ろし〉

秋風の吹きはじめる文月、三左衛門は、死を目前にしながらも亡き友の仇を捜し続けている老侍と知り合う。大好評シリーズ第十四弾。

坂岡真

照れ降れ長屋風聞帖

龍《りゅう》の角凧《かくだこ》

長編時代小説〈書き下ろし〉

芝浜で角凧をあげていた侍の子と知り合い、その父子に興味を惹かれた八尾半兵衛。だが、同心の半四郎が追う浪人殺しとの繋がりが!?

鈴木英治

口入屋用心棒 1

逃げ水の坂

長編時代小説〈書き下ろし〉

仔細あって木刀しか遣わない浪人、湯瀬直之進は、江戸小日向の口入屋・米田屋光右衛門の用心棒として雇われる。好評シリーズ第一弾。

鈴木英治

口入屋用心棒2

匂い袋の宵

長編時代小説〈書き下ろし〉

湯瀬直之進が口入屋の米田屋光右衛門から請けた仕事は、元旗本の将棋の相手をすることだったが……。好評シリーズ第二弾。

鈴木英治

口入屋用心棒3

鹿威《ししおど》しの夢

長編時代小説〈書き下ろし〉

探し当てた妻千勢から出奔の理由を知らされた直之進は、事件の鍵を握る殺し屋、倉田佐之助の行方を追うが……。好評シリーズ第三弾。

鈴木英治

口入屋用心棒4

夕焼けの甍《いらか》

長編時代小説〈書き下ろし〉

佐之助の行方を追う直之進は、事件の背景にある藩内の勢力争いの真相を探る。折りしも沼里城主が危篤に陥り……。好評シリーズ第四弾。

鈴木英治

口入屋用心棒5

春風《はるかぜ》の太刀

長編時代小説〈書き下ろし〉

深手を負った直之進の傷もようやく癒えはじめた折りも折り、米田屋の長女おあきの亭主甚八が事件に巻き込まれる。好評シリーズ第五弾。

鈴木英治

口入屋用心棒6

仇討ちの朝

長編時代小説〈書き下ろし〉

倅の祥吉を連れておあきが実家の米田屋に戻った。そんな最中、千勢が勤める料亭・料永に不吉な影が忍び寄る。好評シリーズ第六弾。

鈴木英治

口入屋用心棒7

野良犬の夏

長編時代小説〈書き下ろし〉

湯瀬直之進は米の安売りの黒幕・島丘伸之丞を追う的場屋登兵衛の用心棒として、田端の別邸に泊まり込むが……。好評シリーズ第七弾。

鈴木英治

口入屋用心棒8

手向けの花

長編時代小説〈書き下ろし〉

殺し屋・土崎周蔵の手にかかり斬殺された中西道場一門の無念をはらすため、湯瀬直之進は復讐を誓う……。好評シリーズ第八弾。

鈴木英治
**口入屋用心棒9 赤富士の空**
長編時代小説〈書き下ろし〉
人殺しの廉で南町奉行所定廻り同心・樺山富士太郎が捕縛された。直之進と中間の珠吉は事の真相を探ろうと動き出す。好評シリーズ第九弾。

鈴木英治
**口入屋用心棒10 雨《あめ》上《あが》りの宮《みや》**
長編時代小説〈書き下ろし〉
死んだ緒加屋増左衛門の素性を確かめるため、探索を開始した湯瀬直之進。次第に明らかになっていく腐米汚職の実態。好評シリーズ第十弾。

鈴木英治
**口入屋用心棒11 旅立ちの橋**
長編時代小説〈書き下ろし〉
腐米汚職の黒幕堀田備中守を追詰めようと策を練る直之進は、長く病床に伏していた沼里藩主誠興から使いを受ける。好評シリーズ第十一弾。

鈴木英治
**口入屋用心棒12 待伏せの渓《たに》**
長編時代小説〈書き下ろし〉
堀田備中守の魔の手が故郷沼里にのびたことを知り、江戸を旅立った湯瀬直之進。その道中、直之進を狙う罠が……。シリーズ第十二弾。

鈴木英治
**口入屋用心棒13 荒南風《あらはえ》の海**
長編時代小説〈書き下ろし〉
腐米汚職の真相を知る島丘伸之丞を捕えた湯瀬直之進は、海路江戸を目指していた。しかし、黒幕堀田備中守が島丘奪還を企み……。

鈴木英治
**口入屋用心棒14 乳呑児《ちのみご》の瞳《め》**
長編時代小説〈書き下ろし〉
品川宿で姿を消した米田屋光右衛門の行方をさがすため、界隈で探索を開始した湯瀬直之進。一方、江戸でも同じような事件が続発していた。

鈴木英治
**口入屋用心棒15 腕試しの辻**
長編時代小説〈書き下ろし〉
妻千勢が好意を寄せる佐之助が失踪した。複雑な思いを胸に直之進が探索を開始した矢先、千勢と暮らすお咲希がかどわかされかかる。

鈴木英治
口入屋用心棒16
裏鬼門《うらきもん》の変
長編時代小説
〈書き下ろし〉

ある夜、江戸市中に大砲が撃ち込まれる事件が発生した。勘定奉行配下の淀島登兵衛から探索を依頼された湯瀬直之進を待ち受けるのは!?

鈴木英治
口入屋用心棒17
火走《ひばし》りの城
長編時代小説
〈書き下ろし〉

湯瀬直之進らの探索を嘲笑うかのように放たれた一発の大砲。賊の真の目的とは？ 幕府の威信をかけた戦いが遂に大詰めを迎える！

津本陽
柳生兵庫助
刀閃の刻《とき》
長編歴史小説

七歳にして祖父石舟斎より絶対不敗の奥義を叩き込まれた兵介(後の兵庫助)は、柳生一族の期待を一身に背負って成長する。新シリーズ第一弾。

津本陽
柳生兵庫助
烈刃《れつじん》の刻《とき》
長編歴史小説

城勤めを辞して、諸国修行の旅に出た若き天才武者、柳生兵介。しかし、小倉で老剣士にまさかの敗北を喫する。兵介は山に籠って猛修行に励む。

幡大介
八巻卯之吉 放蕩記
大富豪同心
長編時代小説
〈書き下ろし〉

江戸一番の札差・三国屋の末孫の卯之吉が定町廻り同心になった。放蕩三昧の日々に培った知識、人脈そして財力で、同心仲間も驚く活躍をする。

幡大介
大富豪同心
天狗小僧
長編時代小説
〈書き下ろし〉

油問屋・白滝屋の一人息子が、高尾山の天狗にさらわれた。見習い同心の八巻卯之吉は、上役の村田銕三郎から探索を命じられる。好評第二弾！

幡大介
大富豪同心
一万両の長屋
長編時代小説
〈書き下ろし〉

大坂に逃げた大盗賊一味が、江戸に舞い戻った。南町奉行所あげて探索に奔走するが、見習い同心の八巻卯之吉は、相変わらず吉原で放蕩三昧。

幡　大介
大富豪同心
御前試合
長編時代小説〈書き下ろし〉
家宝の名刀をなんとか取り戻して欲しいと頼み込まれ、困惑する見習い同心の八巻卯之吉。そんな卯之吉に剣術道場の鬼娘が一目ぼれする。

誉田龍一
本所七不思議捕物帖
消えずの行灯《あんどん》
時代ミステリー短編集
黒船来航直後の江戸の町で、七不思議に似た奇怪な死亡事件が続発。若き志士らがその真相を追う。第二十八回小説推理新人賞受賞作。

松本賢吾
平塚一馬十手道
黄色い桜
長編時代小説〈書き下ろし〉
同心・平塚一馬は、夢にまで見た定町廻り同心昇格のための十手比べとして、子どもの拐かし事件を探索することになる。シリーズ第一弾。

松本賢吾
平塚一馬十手道
冥途の初音
長編時代小説〈書き下ろし〉
贋薬騒動を追っていた北町奉行所の平同心・平塚一馬に、同心殺しの下手人を捕らえよという十手比べが課せられた。大好評シリーズ第二弾！

松本賢吾
平塚一馬十手道
女賊の恋
長編時代小説〈書き下ろし〉
残虐非道な強盗は、十六年前に焼死したはずの盗賊・土蜘蛛の才助の仕業なのか？　熱血同心・平塚一馬が奔る、興奮のシリーズ第三弾。

三雲岳斗
新・将門伝説
煉獄《れんごく》の鬼王
歴史伝奇小説
討たれたはずの平将門が甲斐国に現れた！　朝廷の刺客とすさまじい闘いを繰り広げながら、彼が向かう場所とは？　圧倒的迫力の歴史伝奇絵巻。

山本眞吾
時代小説「江戸」事典
歴史キーワード事典
江戸を舞台にした時代小説を、より楽しく深く味わうために。手元にいつもあると便利。わかりやすくて使いやすい、文庫事典の決定版！